JN066386

春のとなり

高瀬乃一

角川春樹事務所

春のとなり

装画　上村松園「晩秋」(1943年　大阪市立美術館蔵)
装幀　鈴木久美

目次

序

西に蛇行(だこう)する川べりに広がる崖(がけ)には「大蛇(だいじゃ)」が出る。

いつのころからか、桑井(くわい)集落の人々は渓流に沿ってのびる山道を、そう言って恐れるようになっていた。

桑井集落を囲む山々の谷底には、山越えの旅人が往来する切通しの道がのびるが、雨のひどい日や、雪解けの水嵩(みずかさ)が増えたときは、周辺の山肌が「抜けて」土石流が起こり、道をえぐってしまう。

あたりはまるで「大蛇」が通った後のような姿にさま変わりしてしまうのだ。

子どもたちは、物心ついたころから、その恐ろしさを教えこまれている。

「おかつが好きだった花？」

長浜文二郎(ながはまぶんじろう)は、おかつの家の小屋で藁靴(わらぐつ)にかんじきをつけながら、蓑(みの)の支度をする志乃(しの)の母親に聞き返した。

「へえ、うちの婆(ばあ)ちゃんは雪割草(ゆきわりそう)が好きだで。もう先が長くないってわかって、あの子、どうしても見せたくなったんだわ」

　ここ数日、暖かい日が続いている。日が照り雪が解けた川べりならば、もう芽が出ているかもしれない。

「そんなもんのために村の衆に迷惑かけやがって。あんだけひとりで山に入るなって言っていたに」

　志乃の父親は険相な顔をもたげ、女房から蓑と笠を受けとると、身支度をおえた文二郎に、深々と頭を下げた。

「婆さんの薬を届けてもらっているだけでも恐れ多いのに、娘のことでも面倒かけちまって、まっこと申し訳ねえずら」

「そんなことは気にするでない。人手は多いほうがよかろう」

　文二郎は米坂藩城下の武家町に居を構える医者である。すでに家督は息子の宗十郎に譲り隠居の身だが、昨年の秋まで屋敷に奉公していた女中のおかつが病に臥しており、城下から二里ほど山間に入った桑井集落まで往診に通っている。

　おかつの息子夫婦からは、殿さまの御身を診る侍医の長浜先生に診てもらうなぞ恐縮だと頭を下げられる。文二郎は早くに女房を亡くし、幼かった宗十郎を抱えて大変だった時に、おかつが乳母代わりとして面倒をみてくれた。その恩返しのつもりで通っているのだが、ここへ足を運ぶにはいまひとつ理由があった。

嫁とふたりきりで屋敷にとどまることが気づまりなのだ。
嫁もそれを察しているのか、文二郎がどこへでかけているのか問い詰めてきたりはしない。
ふたりの仲立ちをしてくれる宗十郎は、暮れから急遽江戸へ出府していた。米坂藩上屋敷に勤める医者のひとりが持病を悪化させ、国許へ戻る許しがだされたのだ。三月の末には藩主が帰国する。それまでのほんの三月の任期ではあるが、彼の代わりに宗十郎が江戸へ下ることになったのである。

宗十郎を送り出してまだひと月だというのに、文二郎は屋敷の離れにある隠居部屋に引きこもるか、こうして遠方まで足を運んで気づまりから逃げているのだ。

この日も早朝に城下を出発した。もう先の短い老婆の見舞いなどよしたほうがよいのでは、という下男の市太の愚痴ももっともだが、おそらく宗十郎ならば最後まで見捨てず世話を焼くだろう。

（あれは、武士としても医者としても優しすぎる気質じゃ。いずれ殿の御身を診る侍医になるには、いささか心もとない）

そんなことをつらつらと思いながら小屋にたどり着くと、おかつの孫の志乃が山に入って行方知れずだと騒ぎになっていたのである。

十歳ならば多少は山歩きの知識はあるだろうが、雪山はふだんと勝手がちがう。けがや凍傷も心配だ。すぐに手当てができるよう、文二郎も山に入ると申し出たのである。

文二郎は小屋を出て薄曇りの空を見あげた。朝方までの好天とはうってかわり、山にかかる雲が徐々に谷間にかかりはじめている。

「お天道さまが出ておらんでようござんした。道が『抜け』たら、人探しどころではなくなりますから」

険しい顔つきの市太が、山の際を覆う霧に目をやった。

このあたりの山道は、木曽川に注ぐ支流をいくつも抱えるため地盤が弱い。雨が降れば頻繁に「抜ける」場所だった。このあたりの谷間にのびる道は、別名「蛇抜路」と呼ばれ、地元では恐れられている。山が流れ落ちる原因は、豪雨だけではない。日が差して急に暖かくなると、山肌を覆っている雪がずれていき雪崩を起こすのだ。

「みなの衆、よろしくたのみます」

志乃の父親が、集まってきた村の男たちに頭を下げてまわる。

幾人かで組を作り、四方向から山に入ることになった。文二郎は、志乃の父親と市太とともに、蛇抜路の脇から山に入っていった。

あたりの木々は雪の笠をかぶり、地面はどこに岩があるのか谷があるのかわからないほど青白く光っていた。空を見ると、枝が雪に覆われて、弱々しい日差しは遮られていた。これでは志乃も、どちらに桑井集落があるかわからないにちがいない。

じっとして動かないでくれたらいいが。

山中で道に迷ったら、川から離れて尾根に向かって道を探すように教わっているはずだが、あたりは目印になる木々も道も雪に隠れており、山に詳しい大人でも方向感覚がなくなっていく。しばらくして、雪がちらつきはじめた。歩いてきた道についた足跡を消してしまう厄介な雪だった。しかも、蛇抜路のまわりは風を遮る大木が少ないため、冷たい風が顔にあたり歩くのもおぼつかない。

「ここは、尽き山じゃな」

笠を持ち上げた文二郎が尋ねると、父親は「へえ」と沈んだ声を返した。

このあたりは幕府に上納する樹木が育つ場所だが、文二郎が目にする幹はどれも細く背丈も低い。

かつては山を覆っていた豊かな木々の根っこが、山の土と水を蓄えてくれていた。だが、上納による伐採で山肌は崩れ、「蛇抜路」ができる原因となってしまった。

水気をふくんだ雪を踏みしめながら、しばらく歩いていく。ふっと雲がはれて薄い日があたりを照らしはじめた。年のせいか、近ごろ目の弱くなってきた文二郎は、春先の日差しにすら耐えられず、眉間に指をあてた。

と、どこからか水の音が聞こえ、文二郎は立ち止った。

父親と市太も耳を澄ました。

「このあたりは、隣藩との境目です。面倒がおこると厄介だで、わしら桑井のもんは、滅多に足を踏み入れん場所ですわ」

下手に越境すれば、隣藩の見廻りに見つかり命が危ない。

唐突に目の前が開け、窪地のような場所に抜け出した。

あたりはもうもうと白い湯気がたちこめている。どうやら湯が湧き出ているらしい。周囲の雪は熱で解け、土と岩がむき出しになっていた。

「志乃！」

父親が叫んだ。岩場の陰で志乃がうずくまっている。志乃は気を失っているのか、駆け寄った父親の呼びかけに応じない。

文二郎も志乃のそばに膝をつき、冷たい体を抱きかかえて耳の下に手を当てた。脈はしっかりと打っている。市太が、持ってきた菰で娘の体を覆った。

父親が何度も名を呼び続けると、ようやく志乃は目を開けた。

「おっとう……」

「このたわけが！　心配させてえ」

志乃は青い唇を震わせながら、なんどもごめんと繰り返している。

「あのね……雪割草は見つからなんだ。でも、芒が生えとった。ばあちゃん、芒は好きかなあ」

志乃は湯気の立ちあがる沼地を指さした。

「なに言っとるんだ。寒くておかしくなったんか」

父親が志乃を抱え上げた。志乃は「雪がね、芒にかわるんよ」とまた要領を得ないことを口にする。文二郎は、志乃が指さした岩肌に目をやった。

すると、たしかにそこには、湯に落ちても溶けない不思議な結晶が、芒の穂のように辺り一面に輝いていたのである。

第一話

雪割草(ゆきわりそう)

一

堀を流れる水音は、人の声に似ている。はじめて布団の中でその音を耳にしたとき、奈緒は誰かに耳元でささやかれている気がしてはね起きた。

江戸に移り住んではや三月。いまだに深川の水に慣れることができずにいる。

三月も半ばを過ぎた。靄がかかったような薄曇りの空はすっかり鳴りをひそめ、柔らかな春の日差しが、深川に広がる黒い瓦屋根を照らしている。

いまの時期の信濃ならば、人々が水の温みを待ちわびるころだ。つめたい雪解け水に手先を浸し、春風が山間を吹き抜け、草木が芽吹くときを思いやる。じっと耐え忍ぶ季節だった。

「江戸の春は、人と同じでせっかちね」

奈緒は店の外を掃き清めながら、額を照らすお天道さまに顔を向けた。この陽気なら、長鉢に植えた糸瓜の苗が育つのも早そうだ。風に揺れる苗をつついていると、表通りから入ってきた大八車が、店の前でぎいっと音を立て止まった。

「長浜ってお医者のお宅はここかい？　うちの亭主診ておくれよ。このままじゃあ血がすっからかんになって死んじまう！」

驚いたことに、車を引いていたのは、細面の小柄な女である。

奈緒が荷台をのぞき見ると、女の亭主が顔をゆがませ横たわっていた。右足の脛に、血に染まった晒が幾重にも巻かれている。

「まあ、どういたしました」

「仕事でしくじっちまったらしい」

冬木町の寺裏に暮らす川並鳶の友蔵は、木場の材木の下敷きになった拍子に、手にしていた鉈で足を裂いてしまった。鳶が材木でけがをしたなぞ沽券に関わると強がり、こっそり自分で晒を巻きつけ家に戻ったが、血が溢れてしかたない。すると四つになったひとり娘のおなつが、「おっとうがまっかっか」とおどろいて、表で洗濯をしていた母のおしまに知らせ大騒ぎになったのだった。

「それで思い出したんだよ。長屋の差配が、堀川町に腕のいいお医者がいるって話していたのをさ」

「うちは医者ではございません。薬屋でございます」

毎度のことながら、治療を求めて訪ねてきた客には、奈緒が断りをいれている。だが、ここでしか診てもらえないんだと泣きつかれたら、追い返すわけにもいかなかった。

大川にほど近い深川堀川町の表通りから、一本奥まった小路に二階建ての棟割りの貸家が並んでいる。軒を連ねるのは小商いの店ばかりで、奈緒たちが営む薬の売弘所兼住居も、道の中ほどに建っていた。

店の入り口には「丸散丹膏生薬」と墨で書かれた小さな看板が出ているが、いつのまにやら共に暮らす父の文二郎が、医者の心得もあるらしいと界隈で知られたようである。

「とりあえず、中へ運びましょう」

戸を引くと室内から生薬の匂いが噴き出してきた。薄暗い奥行半間の土間にも匂いが染みついている。草履を踏みしめるほどに、土と草と根っこの香りが体を駆けあがった。一緒に入ってきたおしまが、鼻筋にしわを寄せている。

土間を上がった板敷き部屋の左奥には、古道具屋で手に入れた百味簞笥が鎮座していた。年季の入ったもので、錺の部分はさびているが、抽斗の中は汚れは少なく、表面も柿渋が塗られカビはない。その横に近所の大工にこしらえてもらった道具棚がある。薬草や根を砕き粉にする薬研、乳鉢乳棒、調剤で量を計る薬匙、百二十粒の丸薬を一度に作るための丹剤押型、丸薬の表面に箔や朱をつける箔つけ盆、さらに出来あがった丸薬を数える計粒升、散薬などを包む薄茶の薬包紙などがずらりと並んでいた。

大八車に横たわる友蔵の傷をたしかめた奈緒は、咄嗟に顔を背けた。子どもが道端で転んだときのような擦り傷とは違う。江戸へ出てきて三月。いくどかこのような傷は目にしてきたが、いまだ慣れることはない。

おしまと息を合わせて友蔵の左右に立ち、腕をそれぞれ肩に回して、みっちりと肉付きのいい体を板間に運んだ。気付薬を飲ませて気を静めさせるが、友蔵はイテエイテエと泣きわめく。

「お父上さま！　起きていらっしゃいますか？」

奈緒は梯子段の下から、二階の文二郎を呼んだ。昼餉のあと、半刻ほど寝るのが父の習慣だが、上の部屋は風通しがよく、放っておくと夕方まで寝てしまうこともある。

やがて梯子段をゆっくりと降りてきた文二郎は、戸から差しこむ光を追うように、奈緒に目を向けた。白い総髪は昼寝で乱れ、縞の着流しからのびる足首は、岩のように黒ずんでいる。首には傷痕を隠した手拭が巻かれていて、一見すると文二郎が病人のように見えた。

「お父上さま、けが人でございます」

うむ、と小さくうなずいた文二郎は、うめき声をあげる友蔵の声に耳を傾けながら、ござの横に座った。しみの覆った手で床を探りながら友蔵の肩に手をあて、首筋の太い脈のあたりを指で押さえる。

「もしかして、あんたのてて親は、ものが見えないのかい」

おしまの声には、失望と不満が入り交じっていた。評判を聞きつけて来たのに、ここにいるのは目の見えない老人と年増の娘だけ。治療が出来るのかと訝しんでいるようだった。

「心配めさるな。使える目ならある」

文二郎が、白濁した目を向かいに座る奈緒に向けた。

友蔵の歳は二十代半ば。中肉中背で両足とも丸太のようにがっしりと太く、川面に浮かぶ材木を運ぶ職人の体つきだ。端折った着物の裾は千切れ、飛び散った血で汚れていた。

「右足の膝下が、三寸ちかく裂けております」

「金創か。出血は」

「晒が真っ赤です」

このままでは、おしまの言うとおり体の血がすっからかんになりそうだ。

「奈緒、膏薬をあるだけ出しておくれ。あと、薄様と針と糸。女房どの、隣の古着屋であるだけの晒と焼酎をもらってきてくれ」

「酒ならうちにもございますよ」

「きのうの夜、こっそり飲んでしもうた」

あきれたと奈緒が声をあげると同時に、おしまがはじかれたように店を出ていき、すぐに酒壺と白い晒を抱えて戻ってきた。

「針と糸は、お仕立てに使うものでようございますか？」

「細いものがよい」

奈緒は二階から裁縫箱を持ってくると、水を張った手洗い桶と晒をそろえ、軟膏壺とヘラ、糸切り鋏などを籠に並べた。行灯に灯りを入れ、友蔵の足元に据える。奈緒はさっと襷をかけて、火で焙った針に糸を通した。

「な、なんでえ、針ってのは。まさか……」

友蔵が怯えた顔を浮かべる。

「このままでは体から血が抜けて死にいたる。かの吉良上野介が殿中にて浅野内匠頭に斬られたあとも、額の傷を縫い止血をした」

「馬鹿言うんじゃねえ！　おいらは反物じゃねえや。足が継ぎはぎなんぞみすぼらしくなっちまう」

「平癒したあとで墨でも入れればよかろう。奈緒、よいか」

額に汗を浮かべた奈緒は、ひとつうなずき友蔵の足元に膝をついた。

「おい、まてまて。やってくれるのはお医者のあんたじゃねえのかい」

文二郎は坐したまま、身をよじる友蔵の体を押さえつけた。

「このとおり、わしの目は、満足に光がとどかぬ。だが、娘の奈緒がわしの指図で縫合するゆえ、安心めされ」

「お、おらあ、女にぶすっとやられて死ぬなんざごめんだ。先生が手探りでできねえもんかねえ」

「わしは本道（内科）を業とするゆえ、金創術は得手ではない」

「べらぼうめえ！　誰だ、名医が深川にやってきただなんて法螺ふいたのは！　香具師のほうがまっとうじゃねえか！」

静かにおし、とおしまが叱りつける。だが亭主を押さえる手は震えていた。

奈緒の指も震えが止まらない。自分は文二郎の「目」だと割りきっているが、薬研を立てることはわけが違う。それを察したのか、文二郎が静かに奈緒の顔のあたりに目を向けた。

「六針ほど合わせればよい。女房どのとわしで亭主を押さえておく」

おしまが神妙にうなずき、友蔵の腹の上に身をあずけた。文二郎が足首あたりにまたがり、焼酎を口にふくんで、一気に傷口に吹きかける。耳をつんざくほどの悲鳴をあげた友蔵の口に、おしまが晒をねじこんだ。

「あんた、辛抱しとくれ」

おしまは、ぎゅっと目を閉じ、亭主の腹に顔をうずめた。

奈緒が小針をすっと傷にたてると、友蔵は口に詰めた晒ごしにフーフーと息を吐いて顔を歪める。

針を刺すたびに、友蔵の体が跳ね、針の先が定まらない。それでもどうにか傷は塞がり、患部に止血の軟膏を塗って晒で強く巻いた。文二郎が処置の上から手を当て大きくうなずく。奈緒は額の汗を拭って板間に尻をつき、大きく息をついた。

「あんた、肝が据わっているねえ。ありがとうよ、女先生」

おしまが奈緒に頭を下げた。

「止血と消炎に良い薬も出しておくゆえ煎じて飲ませい。しばらくは熱も続くじゃろう。安静にしておくがいい」

友蔵は半目をあけたまま気を失っている。おしまは文二郎にも深々と頭を下げ、目じりの涙をぐいと拭った。

奈緒は表に出ると、通りすがりの職人を呼び止め、けが人を運んでもらえないかと頼みこんだ。三人がかりで友蔵を大八車に運ぶ。にわか雨が降っていたらしく、道に水たまりができていた。足を泥まみれにした職人に礼を述べたあと、奈緒は戸口でおしまに住まいをたずねた。だが、なぜかおしまはお店（たな）の名を口ごもる。

「……あの、こんなにしてもらって、いまさらなんだけどさ、お代のほうが……」

奈緒が薬代をせびりに来ると思ったのだろう。

「軟膏と晒を替えに参らねばなりません。薬代はいつでもかまいませんよ」という言葉で、ようやくおしまは安堵し頭を下げ、住まいの場所を奈緒に告げた。

元木橋（もときばし）を渡り遠ざかる大八車を見送った。道にできた水たまりに、暮れかけた朱色の空が映りこんでいる。

橋の下で雨宿りをしていた小舟が、静かに漕（こ）ぎだし大川へ向かっていった。

その橋を渡ってくるひとりの女が、白い左手で褄（つま）を取り、泥の跳ねを気にしながら泥道に下駄の跡をつけていた。これから宴席に上がるのだろう。赤い口紅が嫌に目立つ。

夕餉の支度のため路地に足を向けたとき、「ちょいと」と声を掛けられた。ぎこちなく歩いていた女が、いつの間にか奈緒の背後に立っている。

よく見れば、長着は緑味がかった湊鼠(みなとねずみ)で、目を凝らさねばわからぬほどの細かな貝の小紋がなんとも粋(いき)である。

二十四歳の奈緒より二、三歳は年若のようだが、舌ったらずな声を耳にした瞬間、もっと下かもしれないと感じた。

「このあたりに、薬屋があるってきいたんだけど」

「うちでございます。なにかご入用ですか?」

「惚(ほ)れ薬は作れるかい?」

「え?」

「ほ、れ、ぐ、す、り」

真っ赤な唇をはしたなく大きく開けて、女はにたと笑った。

二

「たしかに、うちは生薬屋でございますが……」

奈緒はうんざりしながら繰り返す。

捨(す)て丸(まる)と名乗った女は、櫓下(やぐらした)の茶屋「多幾山(たきやま)」の抱え芸者だという。酌もすれば三味線(しゃみせん)も唄(うた)も踊りもこなす。ただ、芸を売るとは建前ばかりで、男相手の商売が業なのは見当がついた。首筋に赤黒い痣が浮かび上がっており、男の残り香のようなものが、捨て丸の体から立ち上っている。

多幾山は、永代寺門前山本町の横町へ入った裏櫓にあるという。そこの主人が、先日文二郎が処方した咳止めがよく効いたと、方々で吹聴していたらしい。

「どうしても一緒になりたい旦那がいるんだ。だけど、こっちがどれだけ言い寄っても、手すら握っちゃあくれないんだよ」

捨て丸が店に居座り、四半刻あまりが過ぎていた。話は堂々巡りである。

癪を治すとか、傷口をよくするとか、子の疳の虫を抑える薬はいくらでも調合できるが、さすがに人の心をどうこうする薬など、文二郎にも無理な注文だ。

「いかがなされます、お父上さま」

奈緒は、百味簞笥の前にあぐらをかき、煙管の吸い口で耳の上を掻く文二郎に声をかけた。

「捨て丸と申したか。その男というのはお前さんの客かね」

文二郎は、敷居に腰を下ろし煙管を咥えた捨て丸に声をかける。

「あんた、目が見えないのかい」

捨て丸は興味深げに膝を上がり口にのせて、馬のように這って文二郎の側ににじり寄ってきた。

奈緒は急いで煙草盆を引き寄せて、捨て丸と文二郎の間にすべりこませた。

「そんなんで薬が立てられるのかい？　おかしなものを飲ませたら承知しないよ」

文二郎はやや鬱陶し気な顔を浮かべたが、すぐに奈緒が座る竈前に顔を向けた。

「あれがようわしの目になってくれる」

「あんた、娘さん？」

「奈緒と申します」

体をひねった文二郎は、碁盤のように抽斗が並ぶ百味簞笥に目を移した。

「惚れ薬なるものは、たやすく作れるものではない」

そうでしょうとも、と奈緒は深くうなずいた。

腕の良い医者である文二郎だが、そのような薬は扱ったことがないはずだ。いっそのこと、捨て丸ののぼせた頭を冷やすような薬を処方すればよいのに、と意地の悪いことを考えてしまう。

深川界隈は、材木を扱う木場や、漁師町、春を売る女衆が集まる岡場所が並んでいる。この薬屋には、傷の軟膏や、女特有の症状の緩和を求めてくる者が大半だ。川並鳶の友蔵のようにひどいけが人はまれだが、医者にかかることのできない貧しい裏店住みが、最後の頼みの綱にすがるように駆けこんでくる。

好いた男に振り向いてもらいたいなど、なんとも滑稽な話である。

「お前さんが惚れた男の詳しい人となりを知れば、できぬこともない」

「お父上さま、そんな山師のようなことを申してはなりません！」

偽薬を売りつけたと後で知られたら厄介なことになる。江戸で暮らしはじめた当初は、目立たずに生活を立てるつもりだったのに、文二郎の腕の良さが深川界隈に広がり、噂を聞きつけた客が後を絶たなくなってしまった。

それに加えて、文二郎は薬代の出せない客に対して、「銭がなければ致し方なし」で済ませてしまう。武士の文二郎は、自分の知識や技術を金に換えることに慣れていないのだ。

暮らしの掛りと薬種問屋に支払う生薬の代銀は、文二郎が作る丸薬でまかなっている。すでに国許から持ち出した微々たるたくわえは底をついてしまった。

この状況で、惚れ薬を売ったというおかしな噂が立ち、薬売りを咎められでもしたら、江戸で暮らすことが困難になるだろう。

奈緒の心配など我関せずとばかり、文二郎は捨て丸の惚気話に逐一相槌を打っている。

「あたいが好きになったお方はね、ちょいと風変わりなお武家さんなんだ」

どこかの御山に入って石を掘り、貝を探さねばならないとかで海沿いを歩いて、帰ってきたら小難しい本を読んでいる。

「だけど目元が役者みたいにほんのり赤く染まって、そりゃあ色っぽくていい男なんだよ」

「幕臣ではないのか」

「たしか高松のほうの出だけど、いまは奉公構だってさ」

つまり、浪人風情の男である。

「とにかくじっとしていないからさ、次も座敷に呼んでくれるっていうから待っていると、三月も顔を見せないのはざらさね」

虚しくなって、もう想うのはやめようと心定めてみるも、男は悪気のない笑みを土産にふらっと帰ってくる。どこに行っていたのかたずねてみると、長崎くんだりまで放浪していたと、旅談義を始めるらしい。

「それですっかり煙に巻かれちまう。腹が立つほど、口がうまいんだよ」

「なにを業としているかわからぬ男よのお」

「腰の据わらぬならず者なのでしょう」

奈緒が口を挟むも、捨て丸は聞く耳をもたない。

「ただ、あの人、ここのところ癇癪がひどくてさ。あたい、なにか気に障ることをしちまったんじゃないかって心配なんだ」

少し前など厠へ立つ時ふらついて、捨て丸が手を貸そうとすると不機嫌になり、手を払われたという。

「まだ春の陽気で涼しいってのに、暑くるしいって怒り散らす。あたいに触れられたくないから？　よそに女ができて、あたいが邪魔になったのかもしれない」

「だから惚れ薬を？　なんとも……」

商売女がたったひとりの男にのぼせて浅はかな。恋の病とはよく言ったものだと、奈緒はため息をついた。

文二郎が黄連、黄柏、山梔子など、いくつか生薬の名を口にした。奈緒は急いで筆と紙を取り、

「いまいちど」と聞き返す。文二郎が口にした生薬を手早く紙に書き写し、百味簞笥の抽斗から分量をとり分け、薬研に移した。

　薬研は船形の受け皿に、握り手のついた円盤形の車が溝にはまるようにできた、薬種や鉱物を砕き粉にする道具である。奈緒が指示された薬種を溝に入れると、文二郎が軸を両手で摑み、ぐっと押し砕いていく。初めは薬種を細かくなるまで鋭利な車の側面で押したり切ったりしていく。その音はいつも歯の奥がむず痒くなるほど不快だ。やがて細かくなったものを、溝の側面に擦りつけるように細かくしていく。これにより塊だったものは吹けば飛ぶほど細かな散薬となる。こうなってくるとギッツギッツと小気味良い音になり、仕上がりが近い。

　文二郎は指先で細かさを確かめ、奈緒が目視し塊がなければ完成である。

　出来上がったものは、薄い薬包紙に包むのだが、これが鼻息で飛び散りそうになる。息を止めながら匙で均等に分けて一気に包む。五つの薬包みが完成すると、奈緒はようやく大きく息を吐きだし肩の力を抜いた。

「お代はこの場で頂くことにしております」

「そんなの持ち合わせていないよ」

　せめて月が変わるまえに支払ってもらいたい。もう味噌甕が底をついているのだ。奈緒がそう念を押すと、

「そのころにゃあ、あたいはあの人の女房になっているかもしれない。そしたら心づけをのっけ

て払ってやるよ」

捨て丸はあどけない笑みを残し、軽やかに店を出ていったのである。

「惚れ薬など、ほんとうにあるのですか?」

道具を片づけながら文二郎にたずねてみた。

「そのような薬が町にあふれれば、芝居や読物(よみもの)はなんともつまらぬ筋書きになってしまうだろうのお」

のらりくらりとはぐらかす父の癖にはいまだ慣れない。文二郎を睨(にら)みつけたが、父には奈緒の憤りなど見えないのだと思い出し、さらに腹立たしくなった。

三

川並鳶の友蔵と、芸者捨て丸の世話をしてから半月あまりが過ぎていた。

ここ何日か、深川に強い南風が吹きこみ道の砂を巻きあげていたが、ようやく風が和(やわ)らぎはじめた。奈緒は三日にあげず、友蔵とおしま夫婦のもとへ通っている。夫婦が暮らす冬木町の甚兵衛(じんべえ)長屋には鳶や指物(さしもの)職人が住まっているため、奈緒と文二郎が暮らしていた信濃と同じ、懐かしい木の香りが満ちていた。

友蔵は、煎じ薬を欠かさず飲み続けたためか、元から丈夫な体なのか、二、三日高い熱にうなされたあとは、徐々に恢復(かいふく)に向かっていた。

薬代を催促したいが、ふたりには数え年四つになるおなつという娘がおり、近所に暮らす友蔵のふた親の世話もしているという。

薬代の代わりに、おしまから佃島でとれた海苔を貰った。文二郎の好物を、この夫婦はいつの間にか把握しており、先日は近所の煮売屋の塩蒸し豆を持たされた。

「文先生にもよろしく言っといておくれ、奈緒先生」

おなつを抱いたおしまが、長屋の木戸まで出てきて手を振っている。

（私は先生じゃないのに）

苦笑いをして会釈を返し、堀川町へ足を向けた。

木場の方角から、木遣り節が聞こえてくる。ずいぶんと間延びした鳶たちの唄声は、昼さがりに聞けば文二郎ではなくとも眠りに落ちそうになる。奈緒はあくびをぐっと飲みこみ、家路を急いだ。

奈緒の一日は、店に揃える生薬の残量を調べることからはじまる。足りないものがあれば、日本橋本町の薬種問屋や、行商の薬屋から生薬を買いつけた。

家事の合間に、薬を求める客の応対や、友蔵のように動けない客のもとを訪ね、薬を届けたり、薬代の付けを頂いたりもする。

午後はたいてい売薬作りだ。店を開いた当初は、膏薬が並ぶ程度だったが、担ぎこまれてくる病人を相手にしているうちに、文二郎があれもこれもと薬をかき集め、古道具屋で百味箪笥まで買い求める羽目になったのである。

　文二郎が考案した薬はいくつかあるが、なかでも女の月のものの痛みに効く「つぎ虫」や、「里ういん（溜飲）丸」と名付けた胸やけに効く丸薬が売れ筋になっていた。

　とくに「里ういん丸」は評判が良く、いくつかの薬屋から配合を教えてもらえないかと持ち掛けられている。とくに熱心なのが、本町の薬種問屋常盤屋だ。もしもそんな大店で、文二郎の薬を売り広めてもらえれば、奈緒たちの暮らし向きは格段に良くなるが、文二郎が嫌がるので返事を先延ばしにしていた。目立つ動きをすれば自分たちの身を危うくしてしまうという判断だが、ほかにもなにやら訳がありそうだった。

　売り薬を木箱に収めていると、いつの間にか文二郎が土間に降りて草履を履いていた。

「おひとりで出かけないでくださいな」

「大丈夫だ。人の影くらいはぼんやりとわかる」

「このあたりは堀ばかりでございます。寿命より先に川に落ちて往生いたしますよ」

　奈緒は急いで襷と前掛けを外し表へ出ると、器用に杖を動かしていく文二郎を呼び止めた。

「はは、じっとしてねえ親父さんをもつと大変だねえ」

　隣の古着屋の軒下で、のんびり本を読んでいる中年男が笑い声を上げた。主人の金助は、丸顔の四十がらみの男やもめで、娘のおちかとふたり暮らしだ。その娘が手に余る金平娘で、十六にもなるというのに家の手伝いもせず遊び歩いているらしい。奈緒たちが深川に移ってきてから、おちかとは数えるほどしか顔を合わせていなかった。

「すこし出てまいりますので……」

「あいよ。客が来たら中で待っているように言っておくよ」

いまでこそ、愛想の良い金助だが、奈緒たちが身を隠すように移ってきた当初は、ずいぶんと邪険な扱いをうけたものだ。それは棟割長屋で暮らすほかの住人たちも同様で、なかには、奈緒たちが駆け落ちしてきたお店の隠居と女中らしい、などと吹聴する者もおり、いっとき好奇の目にさらされた。

風向きが変わったのは、薬屋の看板を掲げてひと月が経ったころである。奈緒が竈の火をおこし夕餉の支度にとりかかろうとしていた時、文二郎が金助のうめき声がすると言い出した。

半信半疑で隣の古着屋を訪ねてみると、はたして店の土間で金助が腹を押さえて倒れていたのである。ただの食あたりだったが、腹下しの薬を処方したあとから、奈緒たちを見る目がころりと変わった。

今では店番をしてくれることもしょっちゅうで有難いかぎりだが、気を許せば奈緒たちの暮らしに土足で上がりこもうとするのが悩みの種である。

元木橋の袂で十徳姿の文二郎に追いつき、その左隣に身を寄せた。文二郎が「ん」とうなずき、奈緒の肩に手をかける。

文二郎の指先は生薬で焼けて、厚い皮が覆っていた。そういえば、夫の宗十郎も同じように指先が腫れていた。

屈託ない夫の笑顔を思い出す。心の奥がざわつき、胸のあたりに手をあて気を静めた。

いつものように、東へ足を向ける。かな釘のように折れ曲がる道を行くと、西念寺横丁にさしかかった。そこを抜ければ、永代寺門前の大通りだ。

「もうちと人の多い場所へ出よう」

「では八幡様へ参りましょう。それらしき者に気づいたら、すぐに知らせてくださいな」

富岡八幡宮は、源氏の氏神である八幡大神を祭神としたため、徳川将軍家の手厚い庇護を受け、今では庶民から「深川の八幡様」と親しまれている。

深川は諸国から江戸へ運ばれてくる荷の陸揚げ場と集積場となっている。さらに元禄期に日本橋から材木置き場が移転し、多くの材木問屋がこの地で商いを始めた。おのずと八幡様の門前に茶屋が立ち並び、とくに土橋、仲町、新地、石場、櫓下、裾継、あひるは、総じて「七場所」と称され、江戸屈指の花街へと賑わいをみせることになったのである。

古着屋の金助いわく、近ごろの深川芸者衆は、そのちゃきちゃきとした気風が木場の旦那衆に喜ばれ、公娼窟新吉原をしのぐ勢いがあるという。何年か前に、江戸葭町の女芸者が深川に移り住んでからこちら、その粋な風が八幡あたりに浸透したそうである。

奈緒と文二郎が、この深川に居を置くことになった理由も、元をたどれば深川の芸者や子供(女郎)らにあった。

信州米坂藩の定府衆や勤番衆は、気位の高い吉原よりも、さばさばとした深川の気質を好むという。さらに子供や茶酌女には、信濃や美濃から売られてきた信濃者が多い。だから探し求める男たちも、このあたりに出入りしている公算が高かった。

幸い、文二郎は医者として、国許にいたときから多くの薬売りと面識がある。行商を生業とする彼らは、深川の置屋や料理屋に頻繁に出入りして薬を売り広めていた。顔が広く、地の利にも明るい。その伝手で人目につかない深川堀川町の棟割長屋をあてがってもらうことができたのだ。

日本橋あたりは、大名家に出入りする常盤屋をはじめとする薬種問屋が目を光らせている。勝手に薬の小商売を始めれば、あれこれいらぬ面倒がつきまとうだろう。この深川ならば、大川を挟んで連中の監視の目は緩み、密かに薬屋を構えても懸念は小さくなるとのことだった。

「やつらはわしと奈緒の顔を知っておる。きっとむこうから声を掛けてくるはずじゃ」

相手は剣に長けた残虐な男たちだ。奈緒の体に緊張が走った。武家の妻として身を守る鍛錬はしてきたつもりだ。帯の内側に隠し持つ五寸ほどの小さな護り刀にそっと手を置いた。

「そのようにおっかない面構えでは、向こうが逃げてしまうぞ」

「なにをおっしゃいます。お父上さまは私の顔など見えますまい」

「ハハ、確かに。気風のよい芸者衆も見られないなぞ、なんとも盲目のおのれが恨めしい」

火の見櫓の脇を通るとき、「多幾山」と名の入った提灯が揺れる店があった。この辺りは櫓下と呼ばれ、火の見櫓のすぐ横の一角には、女郎を抱える子供屋や茶屋がひしめき合っている。

「ここはあの捨て丸のお茶屋でございますね」

これまで幾度も通っていた道沿いだった。

「今日は三味線の稽古(けいこ)の音が聞こえてこぬのお」

「いつもより早い刻限でございますから」

ここから大通りに出て、往来に鎮座する一之鳥居(いちのとりい)を潜(くぐ)ると一層にぎやかさが増していく。

杖が人に当たらぬよう道の端へ寄ったとき、前方から朝湯帰りの女たちが近づいてきた。

群れからすこし外れて後を追っているのは、多幾山の芸者、捨て丸だ。彼女も奈緒たちに気づいたようで、連れに声をかけると一目散に駆けてきた。

濡髪(ぬれがみ)の香りが奈緒の鼻先に漂うと、文二郎も顔を上げて目じりを下げた。国許にいたころは気づかなかったが、この老人はおそらくかなりの女好きだ。奈緒の腕から手をはずし、ゆらゆらと振って鼻の下を伸ばしている。

捨て丸は仏頂面(ぶっちょうづら)をぶらさげて、奈緒と文二郎の前に立ちはだかった。化粧を落とした顔は年相応に幼い。

「ちょいと、先生がた。あの惚れ薬、まったく効かないじゃないか！　あの人に飲ませたけど、あたいに見向きもしない」

薬を処方した三人にひとりくらいは、このような言いがかりをつけてくるものだ。

「一朝にして効果がある薬なぞございません。そもそも、人の心など目にみえてわかるものではありませんでしょう」

情を交わすことに早道などないと苦言を呈すも、捨て丸は聞く耳を持たない。

「じゃあなにかい、あんたたちは偽の薬を寄こしたのかい？　ヤブだって言いふらされて、困るのはあんたたちだよ」

人を脅すような女と関りを持ちたくないが、文二郎が面倒を見ると決めたのなら、それに従うのが奈緒の役目である。

「おぬしの愛しい男は、今はどのような具合なのだ？」

捨て丸は不貞腐れて唇を尖らせた。

「前よりもっとよそ事に精をお出しさ。祭りに繰り出す鳶みたいに、ぴんしゃんとして、あっちへふらふら、こっちへふらふら。あれじゃあ根っこのない柳だよ」

男はすこし前から近くの船宿に長逗留をしているらしい。住まいは湯島聖堂に寓居するも、新しく始める事業のため方々の宿で寝起きしているという。

文二郎は杖の先をトントンと地面に叩きつけながら、

「捨て丸の男に会うてみたいのお」

と、珍妙なことを言い出した。

四

捨て丸の意中の男が逗留している船宿「津屋」は、永代寺門前町の蓬莱橋にほど近い堀に桟橋を構えていた。このあたりは堀に沿って、船宿や料理茶屋が軒を連ねている。お店と堀の間の細い道には、鮮やかな緑の柳が等間隔に植えられ、海風を受けて揺れていた。

津屋の二階に目をやると、乱れ髪の女郎が煙草の煙を空に向かって吐きだしていた。別の店の軒下では、新内流しの男女が三味線を片手に、二階の居続けの旦那に手を振っている。上から銭が放られると、ふたりは間延びした声で唄いはじめた。

津屋の暖簾をくぐった捨て丸が、帳場に座る主人に、「平さんいるかい？」と声をかける。主人は無言で顎をしゃくって天井に目をやった。

「また妙な草やら石っころを持ちこんでさ、床が抜けちまうよ」

どうやら宿にとっては厄介な客のようである。

「平さん」は、開け放たれた障子戸の脇から、ひょこりと顔をのぞかせた捨て丸を見るなり「またお前かい」と嘆息をついた。

日当たりの悪い二間続きの座敷を占領しており、帯も止めず縞の着流しのまま、部屋の真ん中に腹ばいになって浄瑠璃本を繰っていた。神経質そうな目をした面長な面構えだ。

部屋の中は、足の踏み場がないほど葛籠や半紙の束がびっしりと積まれ、廊下にまで書きかけの帳面、乾いた草根や鮮やかな貝殻、毛皮や鉱石などが散乱している。

奈緒の足元に広げられた「採薬」と書かれた帳面に目を落とすと、「木黄耆（きおうぎ）　根堅実ニシテ味苦濇（にがしぶる）、葉は味甘シ」と記されていた。床の間にも「巴戟天（はげきてん）」やら「桔梗（ききょう）」など、草木の名を記した栞（しおり）が乾いた草根に添えられている。文二郎は大きな鉤鼻（かぎばな）を動かしながら、部屋に充満する馴染（なじ）みのある匂いを吸いこんでいた。

「外で会えば多幾山の機嫌をそこねちまうって、なんど言えばわかるんだろうねえ。おまえさんは義理ってのをおろそかにしがちだ」

平さんが面倒くさそうにぼやいている。

「もう、会ってそうそう説教かい」

「国許の妹に似た年ごろの娘を前にすると、お節介な虫がにょろりと顔を出しちまうのさ」

平さんは入口に立ち尽くす文二郎と奈緒を見上げ、くいと片方の眉（まゆ）を器用につり上げた。

「そちらさんの兄さんは、ずいぶんと野暮ったい子供（女郎）をつれているではないか」

「ちょいと世話になっているお人らでね」

捨て丸は障子戸に手をかけたまま、とろりとした顔で平さんを見つめている。

「そんなことより、ねえ平さん。そろそろお座敷に呼んでおくれよ。いつ声がかかってもいいように、この体を空けてるんだからさ」

「おまえさんは当代の女形にも負けねえ声の持ち主だ。それが気に入っちゃあいるが、三味線がいけないね。あれに耐えるにゃあ、相当な耳の覚悟が必要だ。腕があがるまでかんべんしておくれ」

どうやらそれがいつもの逃げ口上のようである。

捨て丸が、「ほらね。まったく効いていないだろ」とぼやくので、奈緒は思わず苦笑した。これほど潔く袖にされる様は、むしろすがすがしい。

「どうしたらいいんだよ、文先生」

捨て丸にすがられた文二郎は、平さんの脇に膝をつくなり、彼の肩と腕に手をかけ、一瞬でころりとひっくり返した。勢い、平さんの足が長火鉢にあたり、薬缶の湯が灰にこぼれた。炭がじゅんと音を立てるなか、文二郎が間髪入れず着物の袷を開く。細面ゆえ体も骨ばっているかと思いきや、その腹は餅のように白く柔らかそうである。文二郎は、体毛の覆った腹に両手をあて、ぐっと押した。

「なんだい、藪から棒に！」

「このお人らはお医者なんだよ」

身をよじっていた平さんはきょとんとした面持ちで文二郎を見上げた。

「腹は下っておらぬようだから、このまま薬を飲んでもよいが、黄疸が出るようであれば服用をやめるように」

ぐいと袷を重ねると、ぽんと肩をたたいた。

「あの惚れ薬は腹を下すのかい？」

捨て丸の問いかけに、平さんが目を丸くする。

「おまえさんが滋養にいいって寄こした薬は、そんな怪しいもんだったのかい」

「だって平さん、いつまでもあたいにつれない態度をとるから……」

「振り向いてもらえねえから、私の心をどうにかしてやろうって？　やっていいことと悪いことがあるだろうよ」

平さんに睨まれた捨て丸は、肩を落として唇をかみしめている。

しばらく沈黙の時が流れたが、唐突に平さんのからりとした笑いが部屋に響いた。

「まいったねえ、突拍子もねえこと思いつくもんだ。だからおまえさんは面白い」

あっけにとられたのは、奈緒だった。機嫌を損ねた平さんに、番所に突き出されると内心気が気ではなかったのだ。

「しでかしたことは呆れるばかりだが、薬のおかげでこの身がすこぶる良くなった」

「捨て丸から、そなたに不眠やふらつきがあると聞かされた。これは気と肝のはたらきが悪くなっているのではと思うてな」

さらに落ち着きがなく癇癪も起こす。顔がほんのりと赤いのも、のぼせているのではないかと文二郎は考えた。

「だが、旅をするほど体は壮健とのことゆえ、少量の解毒湯を処方させてもらった。ただ、これは飲み続けると腹を下しやすくなる」

だから文二郎は、捨て丸の意中の男に会って、副作用が出ていないか確かめたかったのだろう。

なるほど、と平さんは感心したように相槌を打っている。

「匂いからして、黄連、山梔子……といったところかな」

「なんと、その通りでございます」

奈緒が驚いて平さんを見やると、「本草学も少々かじっている」とこともなげに返された。

「ちょっとまっとくれ。惚れ薬は？」

蚊帳の外の捨て丸が声を上げると、文二郎が「そんなものあるわけがなかろう」とあっさり否定した。

「わしは医者じゃ。体を治す手助けはできても、情まではどうにもできぬ」

「そんなあ……」

「だが、人を愛おしいと思う心は、その人がいつまでも健やかであってほしいと願う心に通じる」

捨て丸は、平さんの不調を案じていた。まずはそれを平癒させることが、自分の仕事だと文二郎は考えたのだ。

「だったら、はじめから惚れ薬なんぞ無いって言ってくれよ。あたいは毎日、この人のことを考えてやきもきしていたんだ」

「早う色街から足を洗いたかった、の誤りではないのか？」

「どういうことですか？」

奈緒は首を傾げて、文二郎と捨て丸に目をやった。

奈緒たちは、日を置かず深川の町を練り歩き、些細な音の変化も聞き逃さぬよう気を張っている。

ひと月ほど前のこと。櫓下を通ったとき、一軒の町屋の二階から、激しい言い争いが聞こえてきた。ひとりの女が、多勢に三味線の腕前をけなされているようで、耳を覆いたくなるほど、ひどい言葉が飛び交っている。

——あたいには心定めたお人がいるんだ。そのお方の世話になりゃあ、こんな掃き溜めなんぞおさらばさ。

数日後、その声の主が薬屋にやってきた。惚れ薬を作ってほしいという厄介な頼みごとを携えて。

「たしかに平さんに惚れてはいるのだろうが、深川から逃げ出すに都合のいい男を、手放したくないという目算があったのも否めまい」

「そうなのかい？」

平さんが目を丸くして捨て丸を見つめた。捨て丸は畳の目に白い指を這わせている。

「……好きで芸者になったわけじゃない。奴名のとおり、親に捨てられて証文を切ったんだ」

捨て丸は、小名木河岸で炭屋の五人兄妹の末っ子として生を享けた。幼いころから男心を惹く顔だと評判で、十歳になってすぐ、炭屋が出入りしていた「多幾山」のしこみっこ（遣い走り）に上げられた。父親が多幾山から金を借りて返済が滞っていて、都合よく捨て丸がその借金を背負うことになったのである。

やがてお酌として座敷に上がると、生来の器量の良さが噂を呼び、木場や江戸の旦那衆から大層かわいがられたという。もちろん体も売った。

しかしここのところ、姐さんや中居衆から「蹴転」と馬鹿にされるようになったのだ。

「けころ？」

奈緒が聞き返すと、「下谷辺りの女郎のように、蹴れば（金を積まれたら）すぐさま転ぶ（寝る）芸者の蔑称だ」と捨て丸が唇をかみしめた。

ちかごろ、深川では、表看板に芸事を掲げ、子供と一線を画そうとする芸者がしのぎを削っている。もちろん本業は売りに違いない。だが、日本橋から移ってきた粋な芸者たちがこの界隈に新しい風を吹きこみ、金を積まれたらさっさと寝るような芸者は蹴転と蔑まれるようになったのだ。

「だけどさ、みんなやっていることじゃないか。なんであたいだけが、そんな仕打ちを受けなけりゃあなんないんだよ」

「そりゃあお前さんの覚悟と鍛錬が足りないせいじゃ」

うなだれる捨て丸に、文二郎が追い打ちをかけた。

「芸者が色を売るなぞ、二枚証文を切ったときにみな覚悟は決めているだろうよ。それでも芸を売るという表看板を背負って日々精進(しょうじん)する女衆が、お前さんの捨て鉢な態度を目障りだと疎んじたとしても詮無(せんな)いことだとは思わないか」

捨て丸は歯を食いしばるが、たまらずぽたりぽたりと涙が畳に落ちていた。図星をつかれて言い逃れができないのだろう。

平さんは「容赦のないご老人だ」と苦笑いを浮かべていた。

「わしは治る見こみのない患者は診ぬ。捨て丸は、まだまだ捨てたものじゃないぞ。ついでに申せば、おまえさんは三味線の撥(ばち)を持つ親指の癖と、怠け癖が強く出すぎじゃのう」

文二郎の小言は留(とど)まることがない。

涙でぐしょぐしょになった顔を上げた捨て丸は、きっと文二郎を睨みつけた。

「わかったよ。唄も三味線も踊りも花も、それこそ男ら相手の手練手管(てれんてくだ)も、死ぬ気でやってやるよ。こっちとら溝(どぶ)川の水を飲んでも腹痛ひとつおこさないって親に感心された、根っからの深川っ子さ。生ぬるい井戸水で育った姐さんたちに負けてたまるか」

捨て丸が啖呵(たんか)をきると、平さんが笑いながら手をたたいた。

「それでこそ深川の芸者だ。色の諸分(しょわ)けもわからねえなんぞ白けちまわあな。この先私が声を掛けても、あんたはどこの朴念仁(ぼくねんじん)だといなす粋な女になりやがれ」

「……そんときゃあ、あたいを女房にしておくれな」

捨て丸が洟をすする。平さんは腕を組んだまま、「往生際がわりいなあ」とぼやき、困り果てたように笑みを浮かべた。

「ひどいよ、平さん。こういう時は、嘘でもいいから首を縦に振るもんだろう！」

捨て丸が再び大声でわめきはじめると、その泣き声にかぶさるように、箱段の下から「平賀さま、平賀源内さまあ」と呼ぶ声がした。

「濱村屋さんの遣いの者が参っておりますがあ、いかがいたしましょう」

「おう、そういえば菊之丞に会うてくれといわれて忘れておった！」

平さん――平賀源内は、文二郎にむかって「また体の調子が悪くなったら頼みます」と深々と頭を下げると、あわただしく部屋を出て行ってしまった。

奈緒は菊之丞という名に聞きおぼえがあった。中村座の濱村屋二代目瀬川菊之丞といえば、当世一と称される女形である。

文二郎が深くうなずく。奈緒も「ああ」と合点がいった。

「捨て丸が惚れた相手は、柳腰の女よりも、菊座を好むお方であったようだのお」

下卑たことを言う文二郎に、奈緒は眉をひそめた。

またもや袖にされた捨て丸は、きょとんとした顔で奈緒と文二郎を見つめていた。

五

平賀という風変わりな男に出会ったその夜のことである。

堀川町の住人が寝静まった夜半過ぎ、店の戸をはげしく叩く音がした。奈緒が表に顔を出すと、おなつをおぶったおしまと、足に晒を巻いた友蔵が立っている。三人の背後に、近くの木戸番の若い番太郎が提灯を掲げて立っていた。ここまで足元を照らしてくれたようである。

二階から降りてきた文二郎は、板間に寝かされたおなつの胸を開き耳をあてた。文二郎の白い眉がゆがむ。

「水も飲めないくらい喉を痛がって、きのうから熱が下がらない。さっき急に体が震えだして白目むいちまった」

おしまが我が子の手を握りしめている。友蔵もどうすればよいかわからない様子で、土間に立ちつくしていた。文二郎は、おなつの喉と胸に手をあてる。

「驚風だろう。熱を出すとようあることだが、これはちと熱すぎる。咽喉も塞がり息ができぬようだ。奈緒、甘草と桔梗を出しておくれ」

ほかにもいくつか生薬の名が告げられ、急いで百味箪笥の「桔梗」と記の入った抽斗を開ける。

（……あっ！）

喉に効果のある熱冷ましを煎じるつもりのようだが、肝心の桔梗が切れていた。この刻限では、どこの薬屋も開いていない。

日ごろ生薬の仕入れには細心の注意を払っていたが、近ごろようやく深川の暮らしに慣れて、気の緩みが生じていたのかもしれない。命を扱う仕事だということを失念していた。文二郎はうろたえる奈緒に、枕元に火鉢を寄せて湯を沸かすよう命じた。部屋が潤っていた方が息がしやすいという。

「おれがやる」

友蔵が足を引きずり薬缶を手に取り、水瓶から水を汲みながら「おなつ、おなつ」と、娘の名前を呼んでいる。薬缶からこぼれた水が火鉢の灰を巻きあげたとき、奈緒は平賀源内の苦み走った顔を思い出した。

「平賀さまが桔梗を持っておられました！　事情を話し、分けていただいてまいります」

芝居小屋から戻っているといいが。急ぎ立ちあがった奈緒だったが、文二郎に呼び止められた。

「お前には娘の様子を診てもらわねばならぬ……表にまだ番太郎がおろう」

文二郎が表に耳を傾けた。道案内をしてくれた木戸番の若者が、糸瓜の鉢に腰をかけ、静かに煙草を喫んでいる。

船宿「津屋」の場所と、源内へ事情をしたためた書付を番太郎に渡し、もしも町木戸で足止めをくったら、医者の使いだと断るように急がせた。すると一刻もかからず、包み紙をしっかり携えた番太郎が戻ってきた。

源内はすでに宿に戻っていて、書付に目を通すと、手早く生薬を持たせてくれたという。桔梗のほかにも奈緒が支度していた生薬まで入っている。なかなか薬にたけたお方だと、文二郎がうなった。

あとは大丈夫だと番太郎に礼を言い、わずかばかりの駄賃を渡して木戸番へ帰した。

急ぎ合わせた桔梗湯を煎じて、おなつの口に垂らしていく。すぐに吐きだしてしまったが、おしまが声をかけると湯飲み半分ほどを飲みこむことができた。やがてぐずりながら深い眠りに落ちていった。

「しばらく様子をみましょう」

友蔵夫婦には、しばらくここで休んでいくよう告げる。ふたりは子のそばから離れなかったが、ずっと気が張り詰めていたのだろう。やがて互いにもたれあい寝入ってしまった。文二郎も百味簞笥を背に、あぐらをかいたまま船をこいでいる。

「はやく良くなりなされ。父御（ちちご）と母御（ははご）を、これ以上心配させてはなりませんよ」

奈緒は焼けるように熱いおなつの手を握った。目のあたりは友蔵に似ているが、薄い唇はおしま譲りだ。きっとこの子は元気な産声を上げて生まれてきたのだろう。柔らかな手のひらが、奈緒の人差し指をぎゅっと摑み返してくる。

自身の手の甲に熱いものがこぼれた。それは指を伝い、幼子の小さな手に吸いこまれていく。

日が高くなり、表から人の行きかう声が聞こえはじめたころ、ようやくおなつは目を覚ました。

あたりを見渡し、奈緒と目が合うと、はじけたように大声で泣いたのである。

簞笥に寄りかかっていた文二郎がすぐさまおなつの額に手をあてた。しわだらけの見知らぬ老人を目にしたおなつは、ますます怯えて泣き声をあげる。

「これだけ泣ければもう大丈夫じゃ」

泣き声で跳ね起きたおしまが、おなつの名を呼んだ。友蔵はまだ鼾をかいている。

「かか！」と、嬉しそうに笑みを浮かべたおなつの顔から、奈緒はそっと目をそらした。


衝立の向こうの文二郎が眠りにつくのは鼾でわかる。

奈緒は夜風にあたるため、そっとひとり店を出た。これから船宿に戻るのだろうか、小舟の櫓の軋む音が、近くの堀から人目を忍ぶように聞こえてくる。隣の古着屋には、うっすらと灯りがともっていた。遊び歩いている娘を待っているのだろう。

「うちのが、あんたみたいな孝行娘だったら、わしもこんなに胃が痛くなることもないのによ」

そう金助から羨ましがられたことがあったが、奈緒は苦笑いしか返せなかった。

文二郎は、奈緒の夫、長浜宗十郎の父である。江戸で忍び暮らすには、実の父娘と名乗ったほうが煩わしさが省けるのだ。

奈緒が長浜家に嫁いだのは、七年前。十七歳のときである。

奈緒は、江戸定府の馬廻り組濱田幸太郎の妹で、江戸の米坂藩上屋敷の長屋で生まれ育った。

十二歳のときに、兄妹のふた親が相次いで病で他界すると、七歳年上の幸太郎が、親代わりとして奈緒を育ててくれたのである。

年ごろになり、幸太郎から国許の医者に嫁ぐよう告げられたとき、奈緒は泣いて嫌だとすがった。住み慣れた江戸を離れる不安もあったが、あのころの奈緒には、心定めた殿方がいたのだ。

彼は亡き父の組に配していた番士で、濱田家にもよく顔を見せていた。奈緒はほんとうの兄のように慕っていたが、それはやがて幼い恋心に代わっていった。無邪気(むじゃき)で一方的な想いだった。

いつか、この人のお嫁になるのだろう。そう心構えをしていたし、幸太郎もいつしかそのように考えていたようだった。だが、奈緒の想いは実らなかった。彼は役目で上役といさかいを起こし、江戸を離れることになったのだ。奈緒が自分の気持ちが抑えられない類いのものだと気づいたころには、もう会うことの叶(かな)わぬ人になっていたのである。

それが嫁ぐことに後ろ向きだった理由のひとつだが、なにより信州米坂はあまりにも遠すぎた。見ず知らずの土地へ移り住んだときは、心細く気鬱(きうつ)にさいなまれた。しかも嫁いで一年も経たないうちに、幸太郎が病で亡くなったと知らせを受けたのである。

幸太郎は自分の余命を承知していた。遊学のため出府していた宗十郎に病を診てもらううちに、彼の人となりを気に入ったそうだ。上役に間に立ってもらい、奈緒との縁談を急がせたと、後になって宗十郎自身から聞かされた。

その後、奈緒にとって生涯(しょうがい)忘れられない悲しみが襲った。宗十郎と一緒になって五年がたち、ようやくできた女の赤子を、難産のすえに死産したのである。

立て続けに起こる不幸に耐えられなくなり、生きているのか死んでいるのか、自分でもわからないような時がしばらく続いた。

ちょうどそのころ、長浜家に長く奉公していたおかつが、病によって屋敷を去り、奈緒の焦りはさらに大きくふくらんでいった。宗十郎と隠居したばかりの文二郎の身の回りの世話もできない。このままでは離縁されるのではないかと怯えて暮らすようになっていた。

暮れも押し迫った「春隣(はるとなり)」と呼ばれたころだった。宗十郎が急遽(きゅうきょ)江戸へ出府することが命じられてしまった。江戸屋敷奥勤めの医者が持病の悪化で国許へ戻ることとなり、人員を補充するためだった。

奈緒が心細さからふさぎこんでいると、とつぜん宗十郎が星を見に行こうと言いだした。

信濃の山はまだ冬の眠りから目覚めてはいないが、ここ数日、雪が解(と)けるほどの陽気が続いていた。渓流から街中へ引かれた水路は静かに水音をたてている。陣屋を囲むように武家屋敷と町人町が連なる長細い造りの城下町である。

町人町を歩くことなど滅多(めった)になかった奈緒は、宗十郎に手を引かれて、おそるおそる城下の周縁の外まで足を向けた。あたりは山に囲まれた窪地(くぼち)で、灯りなどひとつも見えないが、空を仰げば、眩暈(めまい)をおこすほどの星々が奈緒の頭上に輝いていた。

迫りくる星におののく奈緒に向かって、宗十郎が静かに口を開いたのである。

「いまは悲しみにくれても構わない。おのれのことだけを見つめる時も必要だろう。だが長い冬を耐えたあとには、必ず春の息吹が私たちに生きる力を与えてくれる。お前にとっての春が私であるように、私にとってのそれも奈緒なのだ」

なんという自信に満ちた言葉だろう。ふだんはおっとりした気質で、文二郎からは医者としても武士としても優しすぎると小言をいわれる人である。言いなれないことを口にしたせいか、宗十郎の頰（ほお）は星の下でも赤く染まっているのがわかった。

奈緒は吹き出し、ひとしきり笑ったあと雪の残る野に膝をついて泣き伏した。宗十郎はやさしく奈緒の背を撫（な）でていた。

ふと、顔をあげると雪の中からほのかに朱を帯びた蕾（つぼみ）が顔を出している。

「……これは？」

「おお、雪割草（ゆきわりそう）か」

江戸ではあまり目にしない植物だった。宗十郎いわく、春の到来を告げてくれる花だという。このところの暖かさで、少し早く芽を出したのだろう。

「私に似て、せっかちな花もあるものだ」

宗十郎が小さな蕾を愛しそうにながめている。

なぜ、と奈緒は思った。

なぜこの花は、あたりの雪が解けてから咲こうとしないのか。もっと暖かくなってから芽を出せばよいのに。けなげで、はにかんでいるようで、まるで白装束をまとった少女のようだ。

また涙がこぼれたが、それは悲しさだけからこみあげたものではなかった。


強い海風が掘割に沿って流れこみ、奈緒の眼前に横たわる黒い水面(みなも)に漣(さざなみ)を作った。

風に引かれるように立ちあがって振り返ると、暗い小路を文二郎がゆっくりと歩いてくるのが見えた。昼でも夜でも、文二郎の歩く速さは変わらない。

「泣き声が聞こえた気がした」

手のひらで慌てて目元を拭うが、義父には見えないのだと手を止める。

「宗十郎さまたちのことを……思い出していました」

この老人に隠し事はできない。する気もなかった。文二郎はしばらく空を見あげていたが、その目には微(かす)かな光しか届かない。だが、風の行方(ゆくえ)は肌や音でわかるのか、奈緒と同じように揺れる黒い水面に目を落とした。手ぬぐいをはずした首に、桃色の刀傷が残っている。奈緒は直視できず、目をそらした。

「夜風は冷える。早く戻りなさい」

奈緒は瞼(まぶた)の裏にたまった涙をそっと拭う。泣いたら、胸ぐるしさがほんのすこしだが晴れた気がした。

「明日は、日が昇ったらすぐに友蔵さんの長屋を訪ねてみます」

友蔵の足の具合とおなつの様子を診て、看病疲れのおしまの愚痴の相手をしなければ。おそらく明日もふたり分の薬代はもらえないだろう。

「ちょうど海苔をきらしていたので、具合がよいではないか。たんまりもらってこい」

「お武家のご隠居がなんともみみっちいことを言いなさる」

奈緒は、文二郎の背に手をあて店にいざないながら、ふと誰かに呼ばれた気がして足を止めた。

通りには暗闇が広がるばかりで、人の影は見えない。夜空に目をやると、光を落としていた星々は、海風に流されてきた厚い雲に覆われ見えなくなってしまっていた。

第二話

願いの糸

一

町屋を流れる堀に映りこんだ西日は色を消し、先ほどまでせわしく飛びかっていた蜻蛉も姿を消した。耳を澄ませば、三味線と小舟が渡る水音が風に乗って聞こえてくる。七月に入って堀の水は青さを増し、もったりとした藻の匂いが小路を吹き抜けていた。

笹竹売りとすれ違う。もうすぐ七夕かと、奈緒は日暮れの空を見あげた。頭上に一番星が瞬いていた。

奈緒と文二郎が営む薬屋の左隣は古着屋で、右隣は空き家になっている。手すりの付いた二階の物干に、色あせた五色の糸が揺れていた。立ち止まりそっと胸の前で手を合わせる。

「ただいまもどりました」

「丸散丹膏生薬」と墨で書かれた看板が掲げられている部屋の腰高障子を引くと、奈緒の背から店の裏口へ向かって風が通りすぎた。押されるように土間に足を踏み入れると、生薬の匂いが身を包む。

奥行半間の土間の奥に、八畳ほどの薬屋の売弘所があり、左奥に据えた百味箪笥の前で、肘枕の文二郎が船をこいでいた。

「お父上さま、寝すぎると夜目が冴えてしまいますよ」

「ム……朝か」

「呆けたことを。すぐに夕餉をととのえますので」

起き上がってのんびりと煙管をやる義父に、食べたがっていた菓子はなかったと告げると、そうかと言って鼻からすうっと白い煙を吹き出した。

「すこし時期が遅かったか。あれは端午の節句のころであるからな」

今朝がた、文二郎から唐突に「朴葉餅を扱う店を探してくれ」と頼まれた。

こっくりと煮た餡子を、もっちりと練った米粉の生地で包み、初夏の若い朴葉でくるんで蒸した信州米坂周辺の郷土菓子だ。

「江戸では馴染みがないのかもしれません。私も米坂へ参るまで食したことはございませんでしたから」

薬屋の仕事が一段落してから、奈緒は深川中の菓子屋や餅屋を回ってきた。なかでも、冬木町の菓子屋金香堂は、五月に柏餅を並べていたので期待をした。親方の仙吉は、少し前から薬屋のお得意さまで、頼まれた薬を届けるついでに、朴の葉の菓子はあるかとたずねてみたが、残念ながら扱ってはいなかった。

「でも、意外でございます。お父上さまは甘い物が苦手とばかり。こんど麦こがしでもお溶きしましょうか」

「わしの歯はまだ丈夫じゃ。友蔵のところのおなつでもあるまいし」

季節の移ろいを、匂いや肌で知る文二郎だ。菓子で時節を感じたいのだろうが、朝晩の二食で食いつなぎ、生薬を仕入れる金もおぼつかない現状では、辛抱してもらうしかない。

土間に置かれた米櫃をのぞきこむ。底が見えた。江戸での暮らしが長引き、貯えも底をついてきた。なにか売って金を作らねばと部屋を見まわす。

膝をさする文二郎が目に入った。梅雨のころから、文二郎は足首や膝の節の不調を訴えるようになった。先日など、散歩の途中で痛みに耐えかね蹲り、通りかかった大工に背負ってもらった。

声を頼りに目当ての男たちを探すのは限界だった。文二郎と奈緒に近づいてくる気配もない。手掛かりが一切つかめず、いらだちから文二郎にきつく当たってしまうこともある。文二郎も、奈緒をいたらぬ嫁だと内心疎んじているだろう。とつぜん故郷の菓子をねだったのも、いまの境遇を憂えてのことかもしれない。

長火鉢の灰から熾火を探り、付け木に火を移して行灯を灯したとき、腰高障子がたたかれた。心張棒を外して戸を開ける。薄闇の小路に立っていたのは、小ざっぱりとした顔つきの中年増で、戸を開けきらぬうちに入り口の敷居をまたいできた。

「うちの子なんだけど、熱を出したり腹を下したりして困っているんだ。いっとき良くなってもすぐに悪くなる。祈禱にも行ったけど、疳の虫じゃないって住職さんに言われたんだよ」

早口にまくし立てた女は、落ち着きなく怯えるような顔つきで、薄暗い小路を振り返った。向かいの店の前の縁台で、古着屋の金助と半襟屋の隠居が、掛行灯の下で将棋を指している。男らは「染太郎が戻ったってよお」「どんな面して頭下げたのかねえ」などと甲高い声で話をしていた。

「どうかいたしました？」

奈緒がたずねると、女は首を横に振った。

「お子はどちらに？」

「いまうちで眠っていて……」

年は数えで四歳の男の子だという。

薬をたてたことのある客ならともかく、病状のわからない幼子に薬を与えることを、文二郎が許すわけがない。薬屋は求められた品を売ることだけに専念すればよい商売だが、文二郎は医者として薬を処方する。

「子はおのれの具合を正しく口にすることはできん。触診でも判断は難しい。できれば、きちんとした医者へつれていくことを勧める」

文二郎は入り口に立つ女に向かって、きっぱりと告げた。女もそれは承知の上で、ここに来たのだ。薬代を催促しない都合のいい医者の父娘がいるよ、とどこかで耳にしたのだろう。

「このあたりにお住まいなら、お子を連れてきてくださいな。おひとりで難しいのであれば、私も一緒に参りますよ」

「住まいは寺裏の六角長屋だけど……」

深川の土地勘がない奈緒にはどこの裏店かわからないが、子を置いてこられるならそれほど遠くないだろう。文二郎に留守を頼み前掛けをはずすと、女は慌てて手を振った。

「そこまでしてくれなくていいよ。もう日が暮れちまったし」

「でも……」

子の体調は急変しやすい。昼まで表で駆けまわっていた子が、夜、唐突に熱を出すことはままあることだ。幼子であれば、命に関わることもある。そう説いてみたが、女はかたくなに大丈夫だと言いはり、足早に店を出ていった。

「ちょいと！」

奈緒が後を追って表に駆けだすも、女は薄闇の中に溶けるように消えてしまった。

二

「そりゃあ、六角長屋のおこまさんだ。ひと月前に子連れで宿移りしてきたワケありだよ」

敷居に腰をかけ、白湯をすするおしまが、前のめりになって教えてくれた。女にここを勧めたのは、おしまだった。

深川冬木町の裏店六角長屋は、おしま一家が暮らす甚兵衛長屋と背合わせに建っている。地主が同じで、棟は分かれているが井戸や厠などは共同で使っていた。

おしまはひどい頭痛持ちで、十日にいちど五苓散を受けとりに訪れる。朝から晩まで笑い声をたてる気風のよい女だが、人知れず痛みにたえ、それを人に見せたがらなかった。

見た目には病と無縁のような人でも、口に出さないだけで誰もが痛みを抱えている。国許にいたときの奈緒は、自分の苦しみばかりに心が塞がれ、他人も痛みや悩みを抱えていることなぞ、気にも留めていなかった。

それを思うと、おしまは周りをよく見ている女だ。

「ワケありだなんて、穏やかではありませんねえ」

「人目を避けて暮らしているんだよ」

「そういうお方もおられましょう」

「井戸を使うときも、厠へ行くときも、人気のないころあいを狙っている。ありゃあなにか事情があって、前の住処を追い出されたに違いない」

ようやく洗い物をしているおこまをつかまえ、なにか困ったことはないかときくと、「良い医者はいないか」とたずねられたらしい。

好き放題言いながらも、おしまは母ひとり子ひとりのおこまを憐れみ、どうにか手助けをしてやりたいと思っているようだ。彼女がまた訪ねてきたら、気に留めてやってくれと言われ、奈緒は大きくうなずいた。

「とはいえ、染太郎みたいに面の皮が厚すぎても腹は立つけどさ」

近所の男たちが、ちかごろよく口にする芸者の名である。

友蔵など、鳶仲間と昼間っから門前仲町へふらりと出かけ、お茶屋の前で染太郎が座敷へむかうところを待ち伏せしているらしい。

「気持ち悪いだろう？　男の助平心なんぞ溝に捨てて大川に流してしまいたいよ」

「そんなにすごい芸者なんですか」

「前に深川から逃げ出した女だけどね。五月の川開きのころに、ひょっこり戻ってきやがった」

不義理をしたお茶屋の枡屋に頭を下げたと知れると、深川中の男どもが浮足立った。

染太郎は三味線の名手で、もとは日本橋葭町の芸者だった。その腕を買われて深川に河岸を変えたのは十年ほど前だという。

当時彼女が好んで身に着けていた灰の小紋は「染太郎好み」ともてはやされ、深川芸者はこぞってその立ち振る舞いの真似をした。

五年前、油問屋の旦那の贔屓で、染太郎を世話したいという話が持ちあがった。枡屋はこんなめでたいことはないと二つ返事で申し出を受けたが、染太郎がごねてご破算になってしまった。

そのころ染太郎には小間物売りの間夫がおり、あろうことか油問屋を袖にして、男と手を取り深川から姿を消してしまったのだ。

「枡屋は面目丸潰れだよ。あたしが洗濯に通うお茶屋のしこみっこたちは、まずはじめに染太郎みたいな芸者にはなっちゃならないって躾けられるのさ」

「隣の古着屋さんは、染太郎さんを褒めちぎっておりましたのに」

「男ってのは人の裏っかわなんぞ見ようともしないからね。ちょいと見目のいい女を前にすると、性根も天女にちがいないって思いこんじまうのさ」

染太郎がどの面下げて三味線を奏でるのか。人が落ちぶれた様を見るのもまた一興とばかり、染太郎を座敷に呼ぶ客があとを絶たないらしい。


深川堀川町から東へ掘割沿いに歩くと、筵をかけた出店や町屋の軒下に、笹飾りがかさかさと音を立ててそよいでいた。七夕は一年の節目となる行事を行う五節句のひとつで、軒下に笹飾りを掲げ、芸事が上達するよう願うのだ。五色の短冊や紙切り細工を飾る家がほとんどだが、昔ながらの糸を飾る家もある。

奈緒は、干鰯問屋の前に括られた笹飾りの前で足を止めた。

(どうか宗十郎さまのご無念がはらせますように)

おなごらしくない願いなど、織姫は叶えてはくれないだろう。だが、なにかにすがり、背を押してもらいたかった。

嘆息をはき、足を寺裏の方角へ向けたとき、小袖姿の女が海辺橋を渡ってきた。

女は奈緒の前を通り過ぎると、干鰯問屋の前で足を止め、軒下に顔を向けて手を合わせた。しばらくすると、隣の海苔屋に移動し、そこの笹飾りにも手を合わせる。

肩と首の境目がわからないほどのなで肩で、髪は櫛巻きに結っている。足運びから色町の女の匂いを感じた。深川の芸者衆はこぞってほっそりとした柳腰で、化粧は薄くこざっぱりとした風体である。女もれなくそんな風体で、道行く男たちが、その女に向かって野次を飛ばしているが、女はひたすら五色の短冊に手を合わせ続けていた。

（あのひとも所願成就を祈っているのね）

やがて女は寺町の奥へ姿を消した。

この辺りは寺町と称される一角で、禅宗寺院の海福寺や、ゑんま堂で親しまれる法乗院など七つの寺院が堀で囲まれている。奈緒が向かう深川冬木町は、寺町の東にあり、俗に寺裏と呼ばれていた。仙台堀や十五間川に沿って材木屋が多く軒を連ね、にぎやかな町である。

おしまの暮らす寺裏の甚兵衛長屋を通りすぎ、隣に連なる六角長屋の木戸をくぐった。路地には一匹の野良犬がうろつくほかに人の気配はなく、ひっそりと静まりかえっている。

行き止まりに小さな稲荷の祠があり、供物台に添えられた饅頭を、野良犬がくわえて垣根の下から逃げていった。祠の横に植えられた白いムクゲの花が風に揺れた。

祠のすぐ横が、おこまの部屋だ。油障子の戸はやぶれ、落とし紙でふさがれている。戸をたたきしばらく待つと、立てつけの悪い戸がギシッと音を立て開き、おこまが顔を出した。奈緒の姿を見るなり、「あ」と小さく声を漏らし、すぐに家の中へ目をやる。

「なんでここが?」

　おしまから聞いたと告げると、おこまは目を伏せ小さくうなずいた。

「あれから音沙汰がなくなり案じておりました。お子は良うなられましたか?」

　耳を澄ますと、戸の向こうから微かに物音がする。おこまはすっと表へ出ると、後ろ手に戸を閉め、白い顔を日の下に照らした。ムクゲよりも透明な消え入りそうな顔色だった。

「心配かけちまったようで。うちの子はもうすっかり良くなって、朝から晩まで遊びほうけているよ」

　首を伸ばすも戸はしっかりと閉め切られたままで、中の様子はわからない。

　と、おこまは奈緒の背後の木戸に目をやった。その顔がさっと青みを帯びる。奈緒が振り返ると、ふたりの芸者が、笑い声をあげながら歩いているだけだった。

「とにかく、うちの子はもう大丈夫だから。手間かけさせてすまないね」

　おこまは小さく戸を開き、滑るように部屋に入ってしまった。戸が閉まるとき、奥からか細い泣き声が聞こえたが、子の姿を見ることはできなかった。

三

　二階の物干しの欄干にもたれかかりながら、向かいの町屋の屋根から日が昇るのを待つ。柔らかな陽光に手を合わせたあと、奈緒は隣の空き家の欄干に目をやり、五色の糸にも祈りを捧げる。

すでに七夕は過ぎ七月の盆も過ぎたが、すっかり習慣になってしまった。

　眠気を覚ますためしばらく潮風にあたっていると、小路のむこうからおこまが顔を伏せながら歩いてくるのが見えた。ひとり息子の信太(しんた)を背負っている。

　今朝は随分と早いおでましだ。奈緒は急いで店に降り、浴衣(ゆかた)姿のまま表へ出ると、額から汗を流したおこまが、安堵(あんど)の笑みを浮かべて会釈をした。

　おこまがようやく信太を連れてきたのは、半月前の七夕の朝方だった。子の信太が急な腹痛をおこしたと血相を変えて薬屋に駆けこんできたのだ。その日は腹を温め、薬湯を飲ませるとやがて痛みは治まった。

　それからは、夜中だろうが早朝だろうが、具合を悪くした信太を連れてきて、文二郎が「大丈夫」と言うまで店に居続けた。

　今朝は腹を痛がっている。文二郎が触診してやると、信太はくすぐったいと笑いだした。顔色は日に当たっていないせいか青白いが、唇は桃色で血色はいい。桂枝(けいし)や芍薬(しゃくやく)、生姜(しょうきょう)などを合わせた、子の腹痛を和(やわ)らげる薬を渡す。消化の良いものを食べさせるようにと文二郎が言うと、おこまは礼を言ってそそくさと帰っていった。

「信太ちゃんの病は一体なんなのでしょうか」

　すこし遅い朝餉を取りながら、奈緒は首を傾(かし)げた。信太は、頻繁(ひんぱん)に腹痛や下痢(げり)などを繰りかえしているようだが、すぐに元気になって表で遊びたがる様子から、重篤なものではない気がする。

むしろ、おこまのほうが病人のようで、会うたびに痩せていた。

「あれとよく似た症状の子を見たことがある」

「どちらのお子で?」

「宗十郎じゃ」

「……宗十郎さま?」

ふいに義父の口から亡夫の名が飛びだし、奈緒は箸をとめた。

江戸に出て半年以上経つが、文二郎が宗十郎の名を口にしたのは初めてではないか。文二郎は背を伸ばしたまま、ぼんやりと汁椀に目を落としていた。

宗十郎はもともと疳の虫の強い子で、幼いころは母親のそばをひと時も離れなかったという。

「あれの母が病で息を引き取ったあとから、宗十郎は腹の具合を悪くしてな。しばらく目が離せなんだ」

宗十郎が六歳のときである。汗が引かず、夜は寝つけず、下痢と嘔吐を繰りかえす。まさに信太と同じ症状だったという。境遇が変わり、小さな体がついていかなくなったのだろう。

「ということは、信太ちゃんもなにか心細く思うことがあるのでしょうか」

「ほかにも病が隠れているやもしれぬから、一概には言えぬが」

幼いころの宗十郎とはちがい、信太にはおこまが常にそばにいて目を離すことがない。

ただ、おこまの息子への干渉は目に余るものがあり、奈緒はそれが気がかりだった。

はじめて信太が連れてこられたときのことである。おこまが厠に行っているあいだに、元気になった信太が表で遊びたいと、奈緒にせがんだ。前の道で独楽遊びをしている子らの姿が、戸の隙間から見えたのだ。

奈緒が手を引き連れていこうとすると、戻ってきたおこまが、おそろしい剣幕で勝手をしないでくれと奈緒に怒鳴った。ふだん感情を面に出さない文二郎が、驚いて身を固めたほどである。

隣の長屋に暮らすおしまでさえ、信太の顔をしっかり見たことがないというから、外で遊ばせることなく部屋に閉じこめているのだろう。

「気にはなりますが、ちかく深川を出ていくようですよ」

おこまは、たまった薬代はしっかり払いますからと、頭を下げていった。

奈緒が丸薬に使う生薬を秤で分けていると、昼寝を終えた文二郎が、あくびをかみ殺しながら梯子段を降りてきた。米坂にいたころは、寝ぼけ眼を嫁に見せる人ではなかった。常に矍鑠としおのれにも家族にも厳しい人で、奈緒は常に義父の顔色をうかがい暮らしていた。

このところの文二郎は、現状に甘んじて面倒ごとを後に引きのばそうとしているように思えてならない。そういえば、宗十郎が無念の死を遂げたあと、文二郎は一滴の涙も見せない。薄情だと、奈緒は感じていた。

江戸に出てからの文二郎は、一日の大半を、篠笛を吹いたり三味線を奏でたりしてすごしているが、ちかごろは隣の金助とよく将棋を指している。金助がどこそこに駒を動かしたと言えば、頭の中に盤面が浮かぶらしい。

はたから見れば、気ままな薬屋の隠居だが、このまま江戸の水に染まられても困ってしまう。そんなことを思案していると、文二郎が戸口に顔を向けて誰かが来たとつぶやいた。

「またお隣さんでございますか」

「長吉じゃ。いつも小路をふらふらしておる木戸番がおるだろう」

あれは金助の娘の幼馴染だという。文二郎がひとりで外歩きをしていると、声をかけてきては歩く助けをしてくれる気のよい若者だ。

「あともうひとり」

文二郎が戸を指さしたと同時に腰高障子が開いた。文二郎の言うとおり、長吉と肩を担がれた女が青白い顔で立っていた。女は今にも倒れそうなほど足元がおぼつかない。

「どういたしました!」

「そこの小路の入り口で蹲ってた」

この薬屋を探して迷っていたので案内していたら、途中で具合が悪くなってしまった。女をひきとって、長吉に駄賃をわたそうとすると「そんなのいらねえや」と手を振り、足早に駆けて行ってしまった。

女を板間にあげようと手を差し出すと、女は「大丈夫だよ」とひとりで板間に上がり、ござの上に横になった。

（あら、このお方……）

見間違いでなければ、先日仙台堀で祈りを捧げ続けていた女である。

女は胸を押さえ、身を捩った。名をたずねると、深川仲町枡屋の芸者、染太郎と震える声で名乗った。奈緒が驚く間もなく、染太郎は胸を押さえて「ここが痛いんだ」とうめいた。にじり寄った文二郎が、女の帯をずらして腹や首に手を当てる。

「病持ちかね」

「ないよ。ただ、ここんところ眠れなくてね。ちょっと疲れが出たのかもしれない」

着物を脱ぎ、襦袢姿になった染太郎は、見た目よりもふくよかな体躯をしていた。文二郎が体を隅々まで検める。

口の渇き、頭痛も頻繁で、ようやく寝ても尿意を覚え起きてしまうという。

「滋養によい薬を出そう。あまり食っておらぬのだろうから、胃に優しいものを食すように」

染太郎が安堵したようにうなずいた。ほんのりと顔の血色もよくなっている。自分の体がどうなっているのかわからないことが、病人にとって一番体によくないことだ。不安は痛みや苦しみを増幅させる。どうしようもなく駆けこんでくる者たちは、文二郎が病の道筋をつけるだけで安心して帰っていくのだ。

文二郎が薬を立てている間に、奈緒は白湯を染太郎に差しだした。

「もともとここ何年か体の具合がよくなくてね。そこに酒なんぞやればよくないことはわかっていたよ」

「お体の加減が優れぬのに深川へ戻ってきたのですか？」

知人から染太郎の噂(うわさ)を聞いたと告げると、「芸者の面汚しだって？」と苦笑いを浮かべてみせた。

薬を包んで染太郎に手渡すと、染太郎は深々と頭を下げた。持参していた提灯に火を入れる。お茶屋枡屋の屋号が入った提灯がぼうっと灯ると、ますます染太郎の頬が赤みを帯びる。だが、目は落ちくぼみ、顔に疲れが色濃く映った。

「しばらくお座敷を休まれたらどうですか？」

「そういうわけにはいかないよ。こんなわっちをまた面倒みてくれるって親父(おやじ)さまらに、これ以上の不義理はできない」

「では、せめて日の高いうちは体を横にしてくださいな」

奈緒が念を押すも、染太郎はかたくなに首を振る。

と、染太郎が土間の隅に目を落とした。

「これは……」

戸の横に、小さな独楽が置いてある。店にやってくる小さな子の気を紛らわすために置いてあるものだ。染太郎はそれを手に取ると、突然はたはたと涙を流した。

「ど、どういたしました！」

奈緒がたずねても、染太郎は泣くばかり。独楽を胸に抱きしめ、「あの子も好きだった」と声を震わせながら繰り返した。

四

十年前、日本橋から流れてきた染太郎は、三味線と鼓の腕前がすこぶる評判となり、あっという間に深川随一の売れっ子芸者として名を挙げた。

これから深川は吉原をしのぐ盛り場になるだろう。置屋（おきや）や料理茶屋が染太郎に寄せる期待は相当なものだったが、当の本人が本気で男を好いてしまったのだ。

拾ってやった恩を仇（あだ）で返すのかと、枡屋のみならず深川中の茶屋から罵（のの）しられ、慕ってくれていた妹芸者たちからも恨み節を投げつけられた。

男との間に子ができ、深川を出たのが五年前である。

親子三人で静かに暮らすため奴名（やっこな）を捨てた矢先に、亭主が病で亡くなった。行き場もなくなり、身重のまま途方にくれていた染太郎に手を差しのべたのは、かつて世話を申し出た油問屋の旦那であった。

「金儲（かねもう）けに目の色かえて生きてきた男ってのは、手に入らないもんに執着する気質があるのかねえ。一度世話するって決めたもんは、しまいまで面倒みるのが筋だってさ」

さすがに顔向けできないと申し出を断ったが、腹の子は日を追ってでかくなる。背に腹は代えられず、向島に小さな家を支度してもらったのだった。

四年前、無事に男の子が生まれた。信太と名づけたと目じりを垂らした染太郎だが、しばらく沈黙したあと、再び涙を流した。

「三月前、信太がかどわかされちまった」

「……人さらいですか？」

「うちに出入りしていた、おえいっていう下女さ。ずいぶんと面倒みてやったのに」

慣れない土地で暮らす染太郎を不憫に思った油問屋が寄こした女だった。

「聞けばかわいそうな身の上なんだ。亭主が女郎と駆け落ちしちまって、生まれたばかりの子も、二歳を迎えることなく死んじまったらしい」

だからといって人の子をかどわかすなぞ許されることではない。

おえいは、所帯を持つまでは深川の料理茶屋で中居をしていたという。土地勘のある場所へ戻るはずだと見当をつけ、人をやとっておえいと信太を探させた。染太郎の名を出せば動く男などいくらでもいる。

すぐにこの深川で似た女が宿を探していたことは知れたが、そのあと名を変えたのか、居所を突き止めることはできなかった。染太郎はみずから子を取り戻すため、針のむしろの深川に戻ってきたのである。

「このことを枡屋さんには伝えたのですか?」

染太郎は力なく首を振る。

「亭主に死なれ、子までかどわかされ、それみたことか、罰が当たったのだと後ろ指をさされるのは勘弁ならない」

油問屋の旦那には、どうしても事情があって深川に戻らねばならない、しばらくは好きにさせてほしいと告げていた。

「でも、お子がおらねば、油問屋さんも訝しむでしょう」

「あの人、ちょうど奥さまと湯治にでかけていてね」

信太がかどわかされたことは知られていない。

「相談されなかったのですか?」

「旦那の子でもないのに、手を貸してくれなんて言えないだろう? これはわっちひとりで片付けなきゃならないんだ」

夜は座敷にあがり、日の高いうちはおえいと信太を探した。五色の短冊に手を合わせながら、はやく子に会わせてくれと願い続ける暮らしに疲れ、とうとう体が悲鳴を上げたのだろう。

「やっぱり、こんな広い江戸の町から、たったひとりの子を探し出すなんぞ無理な話なんだ」

「そんな……」

まるで奈緒自身に向けられた言葉のようだ。いや、と首を振り、奈緒は染太郎の手をぐっとつかんだ。

「染太郎さん。そんな弱気でどうします」

奈緒には心当たりがあった。

「少し前から、おこまという女が、うちに薬を買いに来るのです。その人の子が、同じ信太という名です。偶然ではありますまい」

おこまの風貌(ふうぼう)は、おえいのそれと一致していた。染太郎の子の名前は「信太」だ。さすがに幼子の呼び名まで変えることはできなかったのだろう。

なんてことだと、染太郎は立ちあがった。

「早くおえいの住処へ連れて行っておくれ。あいつ、ぜったいに許しはしない！」

染太郎の顔は一気に赤みを増し、握りしめた拳(こぶし)が震えている。

文二郎は腕組みをして耳を傾けていたが、唐突に大きなあくびをした。なんと緊張感の欠けた老人か。

薬のことなら何でもわかる腕のいい医者かもしれないが、情というものが欠けたひとだと奈緒は思った。

五

日が昇って半刻(はんとき)もたたないのに、額に汗が滲(にじ)みはじめた。目に入る汗を拭(ぬぐ)いながら、奈緒は六ている。

角長屋の稲荷の祠前で足をとめた。ムクゲの白い花弁が朝露をふくみ、辺りに甘い香りが漂っ

「おこまさん、薬屋の奈緒でございます」

油障子の戸をたたくが、人の気配はない。

「信太ちゃんによく効く処方を、父から預かってまいりました。ここへ置いておきますね。あとで飲ませてやってくださいな」

薬包をくるんだ油紙の包みを格子窓の桟に挟み、すぐに長屋をあとにした。いっとき置いて、戸がするすると開き、白い手が格子窓にのびる。

「おえいだな！」

すかさず、祠の裏に隠れていた岡っ引きが、おこまこと、おえいの手を掴んでねじりあげた。

「なにすんだい！」と怒鳴ったおえいは、手を振りはらおうともがいている。

木戸の入り口で、奈緒といっしょに隠れていた染太郎が駆けていった。おえいの襟を掴んで

「信太はどこだ」と叫ぶ。

青白い顔のおえいが、祠の前に立つ奈緒に向かって激しく首を横に振った。

「おえいさん、観念して信太ちゃんを染太郎さんにお返ししてください」

「ちがうんだ！」

「なにがでい！　てめえが染太郎の子をかどわかしたことは、はなっから承知さ！」

親分が下っ引きに縄を打てと命じるすきに、染太郎が部屋に飛びこんだ。奈緒も続こうとしたとき、おえいに足首を摑まれた。下っ引きがおえいの手を奈緒から引き離すが、彼女は地面の土を引っかきながら、部屋の奥に向かって「やめて」と怒鳴り続けていた。

信太は部屋の隅で独楽を手に座っている。突然の騒ぎに驚き、小さな手から独楽が落ちた。

「信太！　おっかあだよ！」

草履のまま部屋に上がった染太郎は、呆然とする信太を抱きすくめた。奈緒の背後でおえいが叫び続けている。

「ちがうんだ、あたいは信太をかどわかしちゃいない！」

親分がおえいの肩を後ろから押さえつけると、おえいは土間に上半身を入れてうつぶした。染太郎に抱きすくめられた信太は、青白い顔で震えている。

「信太ちゃんが怖がっています。早くおえいさんを連れ出してくださいな」

奈緒が親分に告げると、下っ引きが縄尻を引っ張りあげた。

「奈緒先生、後生だ。信太が熱を出している。早く診てやっとくれ！」

悲痛な叫びが裏店に響きわたり、長屋の部屋から顔を出した住人たちが、引きずられていくおえいを指さし眉をひそめている。

我が子を取り戻した染太郎は、信太を抱きかかえ立ちあがると、ゆっくり土間を降りて奈緒に軽く頭を下げた。先生のおかげだよ、と小さく呟き、引っ張られていくおえいを見送る。

信太はおっかあと泣きながら震えていた。奈緒が信太の額に手をあてると、おえいの言ったとおり熱がある。だが手足は冷たく、黒い小さな瞳が揺れていた。信太の顔は、おえいが去った木戸に向いている。

「染太郎さん、うちへ寄ってください。信太ちゃんの熱がすこし高いようです。すぐに父に診てもらいましょう」

するとと染太郎は、信太をさらに強く抱きしめた。痛い、と信太の小さな声が漏れる。

「大丈夫だよ。このくらいの熱はすぐに下がっちまう」

「でも……」

「これからはわっちが一緒だ。薬なんぞいらないくらい丈夫になるさ」

ねえ信太、と染太郎が笑う。

その刹那、奈緒は体中の毛が逆立つような不気味さをおぼえた。

母親というものは、真夜中だろうがこちらの都合などお構いなしに、わが子を助けてくれと駆けこんでくる。子が苦しむ姿を前にして、どうすることもできず震えている。

朝早く文二郎に診てもらいたいと店にやってきて、信太が顔をしかめるとおえいも眉間に皺を寄せ、文二郎が大丈夫だとひとこと告げれば、板間にへたりこんで頭を下げた。

おえいの青白い顔が、信太のあどけないそれに重なった。

信太を抱いたまま、染太郎が六角長屋をあとにしようとする。

「あっ……！」

引き留めようと声をあげたとき、木戸の脇に杖をついた文二郎が立っていた。その横に、長吉が寄り添っている。

染太郎は一瞬立ち止まったが、軽く会釈をしてその脇を通りすぎようとする。さっと杖の先が持ちあがり、細い通りを遮るようにして染太郎の足を止めた。

「なにすんだい、先生」

「それはおえいの台詞じゃなあ」

文二郎が首を伸ばして、染太郎の肩に顎をかける信太をのぞき見る。

「大丈夫じゃ。おまえさんは、おっかさんのもとへ帰れる」

その隙に、奈緒は放心する染太郎から信太を引きはがし、ぐっと胸に抱き寄せた。

「信太ちゃんごめんね。おばさんは勘違いをしてしまった。ほんとうのおっかさんは、おえいさんだったんだね」

六

おえいが信太を連れて薬屋にやってきたのは、騒動のすこしあと、染太郎が油問屋の旦那に引き取られていった直後だった。

おえいと信太は、ちかいうちに在所の品川へ移り住むという。縁を切っていたふた親に事情を話すと、すぐに戻ってこいと知らせがあったそうだ。

「さいごに文先生と奈緒先生にお礼が言いたくて」

まるで祖父の家にでも遊びにきたように嬉しそうな信太は、あぐらをかく文二郎の足の間にすっぽりと納まっている。文二郎に独楽を手渡し、回してくれと駄々をこねた。よしよし、と文二郎はゆっくり立ちあがり、信太を連れて表へ出ていった。

「すっかり元のやんちゃな子に戻ってくれてひと安心だ。これまで逃げ隠れて暮らしていたから、気の休まるときがなかった」

二年前、指物師の夫に先立たれたおえいは、まだ乳飲み子の信太を抱え、子持ちでも働ける奉公先を探していたという。

「そのときはご実家へ戻ろうと思わなかったのですか？」

「亭主と駆け落ちして一緒になったからさ。意地を張っちまって帰れなかった」

そんなおえいに声をかけてくれたのが、かつて深川の料理茶屋で共に中居として働いた女だった。油問屋の旦那が、染太郎の世話をする下女を探しているという。

染太郎の好いた男は、とんでもなく性根の腐ったやつで、子が生まれる前にどこかの女郎と姿をくらましたという。不運は続き、生まれた子が二歳を迎える前に麻疹で死んだ。染太郎とおえいの身の上話は、そっくり入れ替わっていたのだ。

おえいが世話をはじめた当初、染太郎は床に臥していることが多く、信太の泣き声に顔をしかめることも多かったという。

　やがて、おえいの献身的な看病のかいあって、染太郎は臥床から起きられるようになった。信太のことも、我が子のようにかわいがり、おえいが働いている間は、逆に子守をしてくれるようになったのだ。

　奉公にあがって一年ほどたったころ。染太郎が、信太に添い寝をしてやりたいと言いだした。

「もちろん断ったよ。信太はおねしょだってするし、きれいな布団を汚しちまうって。だけど染太郎さんはそれでもいいって言うんだ。それが十日に一度、五日に一度、三日に一度と頻繁になっていって、とうとう信太に乳までやりはじめちまった」

　すでに止まった染太郎の乳が出はじめたとき、彼女が信太を自分の子だと思いこんでいると知った。おえいは信太を連れて染太郎から逃げようと決心したのだ。

「深川なら、染太郎さんが追ってこられないと思ったのですね」

「あのひとを甘く見ていた。深川に染太郎さんが出戻ったと耳にしてからは、恐ろしくて表にも出られなくなっちまったんだ」

　名も「おこま」と変えた。遊びたい盛りの信太も不安だったことだろう。

　信太が下痢や嘔吐を繰り返したのは、母親が抱えている恐怖心を敏感に受け取ってしまったからだ。

「自身番に駆けこもうとも思ったが、相手が染太郎さんじゃあ、あたいの言い分なんて取り合っちゃもらえない」

出戻りとはいえ、深川の染太郎といえば、いまだ一目置かれている芸者だ。あれだけ後ろ指さされながらも、古巣へ戻ってくるなんぞあっぱれとまで褒めそやされる女である。

「私も染太郎さんの言い分をはなから信じてしまいました」

真実を見誤り、あやうく真の親子を引き離してしまうところだった。

ところが、文二郎は染太郎の嘘に気がついていた。奈緒がおえいの居場所を知っていると告げたとき、「信太は大丈夫か」と心配する様子を見せなかったことに、違和感を覚えたという。おえいが薬屋に何度も足を運んでいるなら、連れ歩いている我が子を心配するのが親ではないか、と。

「そんなに謝らないでおくれよ、奈緒先生。ずっと息が詰まる暮らしだったけど、薬屋にいる間だけは、信太もあたいも、張り詰めていた糸を緩めることができたんだ」

おえいは店の中をぐるりと見まわし、目じりに滲む涙をぬぐった。

「ですが、染太郎さんのことをすべて許してよかったのですか？　ずいぶんと怖い思いをなさったのでしょう」

「あの人は、ただ子を抱きしめたかっただけなんだよ。ほんの少し、たがはずれちまっただけ」

六角長屋で、染太郎が信太をかどわかそうとしたことは、表ざたになることはなかった。おえいがそれを望まなかったからだ。

騒動のあと、枡屋にあった染太郎の前借は、油問屋がすべて返済したという。

しかも染太郎は、旦那の子を身ごもっていた。体の不調は、悪阻のせいだったのだ。

「この前、染太郎さんから、詫び状が届いてね」

染太郎は深川を離れ、こんどこそ親子ふたりで静かに暮らしていくそうだ。

「信太にも怖い思いをさせてすまなかったって」

表から信太の笑い声が聞こえる。おえいの顔はふっくらとし、真っ白なムクゲの花に、うっすらと桃色が差したように頬が明るくなっている。

子の笑い声が親にとってはなによりの薬なのだ。

それは百味簞笥のどこにも入っていない万能薬。文二郎にも処方できない薬だった。


「先日、竪川まで足を延ばしてまいりました」

おえいと信太が帰ったあと、腰をたたきながら戻ってきた文二郎に、奈緒が声をかけた。

米坂藩は、本所の南割下水と北割下水の間に上屋敷を構えている。奈緒が嫁に出るまで暮らした場所だ。

やみくもに深川界隈を探すのは、染太郎の言葉をかりれば無理なことである。ならば米坂藩江戸屋敷の周りを探るしかない。

屋敷の近くで米坂藩士とすれ違ったが、奈緒を見とがめる者はいなかった。死んだ父と兄は定府の馬廻り組八十石のお役をいただいていたが、娘の奈緒の顔を覚えている者はほぼいない。だが、藩医を務めた長浜文二郎を知る者は多いはずだ。

文二郎と奈緒が米坂藩を出奔しすでに半年。捕らえられたらどのような罰を受けるかわからない。深川の雑多な町中なら身を隠すことはできるが、人通りの少ない武家屋敷が建ちならぶ町を、文二郎と連れだって歩くのは危険である。

「この先は、手を貸してもらう者が必要かもしれません」

奈緒は、少し前から考えていた。出入り商人など、顔を繋ぐことはできないか。

「実は、屋敷から見覚えのある者が出てまいりました。常盤屋の手代でございます」

文二郎が処方する「里ういん丸」を扱いたいと請われたことがある。申し出を断ったとき、なぜこんないい話を袖にするのかと不満を口にしていた手代に違いなかった。

処方を教えて常盤屋と懇意になるのは、ひとつの手ではないかと奈緒は考えていた。

「こちらから近づくのは賢明ではない」

「やはり常盤屋さんを以前からご存じだったのですね」

「あのお店は、昔から上屋敷に出入りしておる御用商人じゃ。誰と通じているかわからぬうちは、下手に近づくのは下策」

とくに常盤屋といえば、渡来の人参を扱う元締めである。米坂藩に限らず、諸藩大名家や旗本、寺社にも強気な商いをし、人参と引き換えに諸藩に伝わる秘薬をかき集めようとしていた。

浅草東光院の夢想目薬や、今川家の赤龍丹、官医半井家の龍脳丸など、武家や寺院などは、門外不出の薬を作り出している。人様が知恵を絞り長い年月をかけて生みだした薬を、高価な生薬と引きかえに手に入れようとするやり方が気にいらず、文二郎が侍医筆頭になったとき、一時ではあるが江戸屋敷への出入りを禁じたことがあった。

「広東人参といえば……宗十郎さまの一件と関りが？」

「それはわからぬが、とにかく常盤屋の主人藤次郎は人の皮をかぶった狸には違いない。厄介な商人じゃ」

「であれば、なおさらこちらから探りを入れたほうがよいではありませんか。もしかしたら、私たちの敵と繋がっているかもしれません」

語気が強くなった奈緒に向って、文二郎が眉尻を下げてみせた。文二郎がこの表情をするときは、奈緒のやり方に苦言を呈するときだ。

焦ってことを急いてはすべてが水の泡だと文二郎は言いたいのだろう。

悠長ではないかと、奈緒は焦りを覚えていた。

いまも宗十郎が血だまりの中で息絶えていた光景が目の裏にこびりついて離れない。

江戸へ出て半年、我慢をしてきたが、張りつめていた辛抱の糸が切れそうだった。文二郎は息子を無残に殺され腹は立たないのか。自分で傷つけた首の傷は疼きはしないのか。

泣き声が漏れそうになり、外に飛び出すと、戸の向こうにおしまが立っていた。奈緒は慌てて涙をぬぐった。

「おしまさん、どうされました。五苓散はまだ残っているはずですが」

「あんたら、朴の葉を探しているんだろ？　金香堂のおゆみさんから頼まれてね」

ほら、と葉が詰めこまれた籠（かご）を渡された。懐かしい米坂の山の香りがする。葉の色は濃く、清々（すがすが）しい若い香りは消えているが、深みのある朴の香りはしっかりと残っていた。

おゆみは、菓子屋金香堂の女将（おかみ）である。おしまは金香堂の職人の洗い物も引き受け、普段から店に出入りしていた。

金香堂が菓子を納めるお店のひとつに、美濃から出て身代（しんだい）を構えた料理茶屋がある。その庭に朴の木があり、おゆみが事情を話し分けてもらったらしい。

ただ朴葉餅なるものがどのような菓子なのかわからない。せめて葉だけでも届けたいと、おしまを寄こしたという。

「わざわざこんな葉っぱのために？」

「だってあたいら、先生たちにはずいぶんと世話になっているからさ。あ、これで節季払いを無いもんにしようとは思っていないよ」

おしまはまだ仕事が残っているからと、あわただしく帰っていった。

框（かまち）に座っていた文二郎が、奈緒の抱えた籠から立つ香りに気づき、鼻を動かしている。

「できれば朴の木の樹皮も欲しい」

「……もしかして、餅が目当てではなかったのですか？」

「朴の木の樹皮は厚朴という生薬になる。鎮痛や咳止めにも使えるのだ」

秋に生る実も薬効があり、葉は黒焼きにしてからすり潰して、酢と混ぜれば関節の痛みを和らげる効果があるという。関節の痛みと聞き、奈緒ははっと息をのんだ。

「この足の痛みも、すこしは和らぐやもしれん」

文二郎が膝頭をさする。

「宗十郎の仇をとるまで、この身は健勝でなければならぬであろう」

「お父上さま……私はてっきり……」

気まずさを打ち消すように、文二郎が「なつかしいのお」と鼻翼を大げさに動かした。

「葉を炭にする前に、これに味噌をのせて焼きませんか？」

「朴葉味噌か。うむ、久しぶりに食したい」

「では豆腐を買ってまいりますね。味噌をこんがり焼いてのせたら美味しいでしょう」

酒も少々、と指先をくいと口元に寄せている。あいわかりました、と奈緒が返事をすると、文二郎は満面の笑みを浮かべた。

「朴葉味噌は、宗十郎の好物だった」

「そうでございました」

「あやつはせっかちだから、焼ける少し手前で七輪からおろしてしまうのだ」

「せっかちな人でしたねえ」

「まこと。せっかち極まりない。親に先んじて死ぬなど、まさに粗忽よ」

文二郎の声がかすかに震えていた。薬の粉で鼻がうずくと言いながら洟をすする。奈緒は豆腐を買ってまいりますと店を出た。

蜩がどこかで鳴いている。声をたどって顔をあげると、隣の物干にあったはずの五色の糸が根本から千切れて消えていた。もう祈ることはできない。

迷うときはおわったのだ。

五色の糸がなくなった。吉兆だ、と奈緒は思った。

七

どこから流れて来たのか、川面に季節外れの七夕の糸が浮かんでいた。

これは吉兆と、源内はほくそ笑む。

(いまから会う色のつくお方は、私の願いを叶えてくれるか)

舳先が行き先をさだめる。あとすこし川面を眺めたかったが、料理茶屋の女将が桟橋で待ちわびていた。舳先がゆっくり桟橋に横づけになると、店の女将が「平賀さま、遅うございます」と、怒りの声をあげた。

「あの一色さまをお待たせするなんぞ、江戸広しといえど平賀さまくらいのものですよ」

早くあがってくださいと急かされ、慌てて二階へ上がっていくと、廊下に厳めしい家人が障子戸を背に立っていた。ひょいと頭を下げ「平賀源内でござる」と名乗ると、足元からじろりと検分された。座敷から、入れと声がかかり、障子戸が開かれる。

膳に載った酒肴の小鯛は、すでに半身が食べつくされていた。うまいともまずいともわからぬ顔を上げたのは、勘定奉行一色安芸守政沆である。木曽三川の治水事業を手掛けた幕政の要であり、常ならば奉公構の源内が見参かなう人物ではない。

源内が挨拶をすると、やや不機嫌な面構えでにらみつけたが、源内の人となりを知る数少ない人物である。呆れながらも待たされたことには一切触れず、すぐに本題に入る。この話の早さが、せっかちな源内には心地よかった。

「ちかごろ長崎に上がる人参が、ひそかに本町の薬種問屋どもへ送られておると耳に致した」

「例の『広東人参』でございますな」

朝鮮人参は、大陸から渡ってきた薬草で、枝分かれした根の形が人の姿を思わせたことが、「人参」の名の由来である。唐では不老長寿の霊薬として重宝され、秦の始皇帝や漢の武帝も、人参を集めるため人を割いたという。
十二、三年ほど前から、清国より長崎へ輸入されてくる人参の一部に、本来の朝鮮人参とは別の種である「広東人参」が多く混入するようになってしまった。これは本家をしのぐ勢いで日の本に流通し、多くの医師が良い品であると重宝がる傾向があった。

先ごろ来日した唐人から、広東人参は本来別の種であるため、生薬としては使えないと指摘されたのである。

「すでに日本橋の薬種問屋は、広東人参の販路をひろげておりますからな。そう簡単には手を引かぬでしょう」

源内が出入りする薬種問屋の中でも、常盤屋という大店（おおだな）が元締めを務めており、この店の恩恵をうける医者らが、効能は怪しいとわかっていながらも、広東人参を使用している実態が浮き彫りになっていた。

「奥医師らからも、本来の朝鮮人参を使うように直訴があった。ちかく国産の御種（おたね）人参の作高を増やし、増産をかけるつもりだ。いずれは江戸に製法所を設け、正しき朝鮮人参売座を確立させねばならぬ」

そうなれば日本橋の反発は避けられないだろう。だがやらねばならぬと、一色は強く言い放った。

「宝暦（ほうれき）の治水に劣らぬ大事業でございますなあ！」

ぱんと腿（もも）をたたく源内に、一色が身を乗りだし、二重の厚ぼったい目を見ひらいた。

「その方に改めたき儀がある。御種人参の薬効について、本来の物より劣ると方々で吹聴（ふいちょう）しておるそうだな」

この日一色が初めて気色ばんだ。源内は一色から呼び出しを受けたときから、この流れを察していた。内心で「ほれきた」と手をたたく。

「おなじ朝鮮人参であれど、その中にも優劣はございます。御種人参は、広東人参ほどとは申しませんが、やや効能の難ありかと……」

「有徳院さまを愚弄する意になるとは思わぬのか」

「そんなことは露ほども思ってはおりません」

人参の安定的な流通事業には、御種人参への信頼が欠かせない。源内は薬品会を開くほど名の知れた本草学者でもある。その源内が胡乱なことを口にすれば、たちまち事業は頓挫する。

「おかしいものはおかしいと申さねば、平賀源内という男の信に関わることでございます」

藩の後ろ盾もなく、気ままな身であるからこそ、まげてはならぬことがある。微禄の家に生まれた自分が、勘定奉行相手に駆け引きをするなぞ、武者震いがするわと拳をにぎった。

一色は下り酒を喉に流しこみ、深く息を吐いた。

「いま先んじて手を打たねばならぬことは、薬効の怪しい広東人参を市場から排除することだ。そのための御種人参である」

「我が国で賄う人参専用の製法所さえ構えてしまえばよい、と」

「この先、関所を越えることすら困難になりたくはあるまい」

「困りましたなあ。私はこの口を閉ざす術を知りませぬ」

「わかっておる……芒硝の件であろう」

一色が眉間に皺を寄せ、源内をにらみつけた。

（勝った！）

源内は口元が緩まぬよう歯の奥をしっかと噛みしめる。

「この秋にも、芒硝の採掘の下命があると耳に致しました。それに私をぜひ任命していただきたい」

芒硝（硫酸ナトリウム）は、緩下剤や利尿に用いられる鉱物の一種で、渡来物が大半を占めている。それがこの国で産出できるかもしれないとわかり、源内は伊豆へ足を運んでいた。

伊豆は温泉地である。その湯の湧き出る土石の上に、霜が生じていた。冬は多く、夏は少ない傾向がある。まるで芒の群生のようであり、これこそが天然の芒硝に違いないと確信していた。

本草に詳しい土地の者と、物産調査をしているうちにわかったことである。

これを国産で賄うことができれば、御種人参と同等の市場を確保することができるだろう。

以前から、正式な伊豆の調査を一色に願い出ていたが、奉公構の身であり、色よい返事はもらえていなかった。いよいよ調査団が派遣されるとなれば、その先頭に立ちたいと願うは、源内の性分からして至極当然のことである。

「一色さまのお力添えをいただけるのでしたら、私はこの口を固く閉じ、人参に関しての一切に関わらぬと約束いたしましょう」

源内はうやうやしく頭を下げる。一色は「芝居は菊之丞に教わったのかい」と低く笑った。

部屋を出た源内は、階段を上ってくる初老の武家とすれ違った。三人の供を従えている。初老の主人の脇にぴたりと従うのは上士らしく、上等の鬢付け油のにおいがした。残るふたりは護衛であろう。上背のある細身の男と、がっちりとした小柄な男を従えていた。すれ違いざまに首をたれると、上背のある護衛が足をとめ、階段で振り返る源内に視線を寄こしていた。首が妙に長く、竹のようにすっと背筋が伸びた美丈夫だが、蛇のような目つきが危うさを感じさせた。

階段を降り、内証から出てきた女将に、今しがた一色のもとへ参じた御仁はどこの藩の者かとたずねた。

「信州米坂藩の御留守居役、稲葉さまでございます」

「禄のない奉公構への恫喝のあとは、諸藩の城使との折衝かい。一色さまは相変わらずお忙しいお方だ」

表に出ると、戸口の横で草履取りと若党らが煙管をふかしながら談笑していた。

(あの父娘に国訛りが似ておるな)

この春、源内の体の不調を治した盲目の老医師と、笑みひとつ見せぬ固い面立ちの女を思い出す。深川堀川町に薬屋を構えていると言っていた。伊豆に出立する前に、いくつか薬を所望しに立ち寄ってみようか。

源内はひとりごち、袖手のまま深川の堀を小走りに駆けていった。

第三話

冬木道（ふゆきみち）

一

「もしや、奈緒どのではござらんか」

名を呼ばれ、奈緒は足を止めた。しっとりと冷えた風が、素足をよけるように吹き抜けていく。小名木川を眺めながら、家へ戻る途中だった。あたりを見まわすが、大川の方角から両掛を担いだ行商人が往来を行き来しているだけだ。

ツィーピと、シジュウカラが奈緒の頭上を横切った。秋の高く薄い筋雲が、幾重も空にかかっている。

「奈緒どの、こっちだ」

道沿いの茶屋の前にひとりの侍が立っている。面長で鼻筋の通った三十路の男だが、鼻の奥に物が詰まったような声に聞きおぼえがあった。

その侍は大小を手に取り、あたりに目をやりながら奈緒に近づいてくる。

「久しいのお、健勝であられてなによりだ」

「もしや、坪井さまでございますか！」

坪井平八郎は、米坂藩の下士である。奈緒がまだ江戸の上屋敷で暮らしていたとき、父の濱田伊左衛門と同じ馬廻り組に属し、兄の幸太郎とも剣術道場が同門で切磋琢磨する仲だった。日ごろから濱田家にやってきては、陽気に酒を酌み交わしていた。

この一見整った顔つきながら、どこか気の抜けた茫洋とした気配をまとう男は、上役から目をかけられることもなく、端役にあった。あるとき上役に歯向かい役目を解かれ、江戸を離れたはずである。若かった奈緒には詳しいことは知らされなかったが、この先濱田家に来ることはないとだけ、幸太郎から聞かされた。

懐かしさと、わずかばかりの気恥ずかしさがせめぎあったが、それも一瞬のことで、相手の怪訝な顔色を見て、すぐに体がこわばった。

「北割下水ちかくでそなたを目にし、不躾ながら後をつけてきたのだが……なぜ江戸に？」

奈緒は即答できず、顔を伏せた。小さなつむじ風が着物の裾をまくり上げる。藩に奈緒のことを告げられれば、文二郎もこの界隈にいることが知られてしまう。

平八郎は奈緒に目くばせし、茶屋の奥へ入っていった。しばらくして奈緒も、奥の小上りであぐらをかく平八郎の前に腰をおろした。

「お久しゅうございます、坪井さま」

「亡くなられたご尊母によう似てお美しくなられた」

「坪井さまはご参府でございますか？」

江戸にいるということは、すでに藩から許しを得たということだ。聞けばやはり数年前から江戸に定府しているという。

「死んだ実父の同輩であられたお方の縁で、近習として江戸へ戻ることができた」

今は剣術指南をたのまれては駆け回っているという。米坂藩士が出入りする剣術道場に居座り、老道場主にかわって代稽古をしたりするから、上役から白い眼を向けられていると、頭を掻いた。

「殿の近習としての御役目はとんと果たせずにいる」

口やかましく身を固めろとせっつく親類縁者もおらず、きままな独り身ゆえに許される暮らしぶりだと自嘲する。

「相変わらずでございますね」

「時が流れるのは早いものだ。奈緒どのは、国許の医者に嫁がれたと耳にいたしたが、たしか長浜家の……」

平八郎の柔和な顔が次第に曇る。

「なにゆえ江戸におられるのか」

再度たずねられ、奈緒は知らず身を固くした。

奈緒と義父の長浜文二郎は、伊勢参りと称して米坂藩を離れている。今ごろ国許ではふたりが出奔したとみなされているだろう。

平八郎は長浜家の事情を知るよしもないだろうが、国許に嫁いだはずの女が江戸にいることを不審に思ったのだろう。

米坂から江戸へ下る道中には、金次第で手形の手配や脇道を案内してくれる宿はいくらでもあった。文二郎は医者という役目がら、諸国から行商にまわってくる薬屋や香具師と交流がある。そのあたりの裏事情を知りえており、密かに江戸へ下ることができたのだった。

「……江戸に……目を悪くした義父に効く薬があると知り、伝手をたより参ることができました。ですが帰りの路銀がつき、しばらく知人の家で世話になっております」

声が震えていた。平八郎は顎を撫でながら、嘆息をつく。

「宗十郎どのが自害いたした仕儀、拙者も耳にしている」

一年前の宝暦十年（一七六〇年）夏。幕府は朝鮮人参の不正な取引に関わった役人を、内々のうちに処罰した。そのさい、諸藩も横領に関わった者がいないか独自に内偵が進められていたが、そのさなかに長浜宗十郎が腹を切ったのである。

宗十郎の死後、大目付配下の徒目付が、宗十郎の身辺を調べたところ、直前まで江戸に出府していた宗十郎が、人参の不正転売に関わっていた証拠が出てきたという。宗十郎は罪の重さに耐えかねて自害したのだろうと、表向きは公表されている。

「夫は無実でございます」

「……ほう、無念腹というわけか」

「いいえ。殺されたのです」

ようやく絞り出した声は、店の主人が客を迎える声にかき消された。

平八郎は口元を手のひらで覆ったまま、それはたしかかとささやいた。奈緒は奥歯をかみしめ涙を堪えていた。泣いたところで夫は戻ってこないのだ。

「後生でございます。ここで私と会ったことは忘れてくださいませんか」

「そういうわけにはいかぬ」

ここまでかと観念する。江戸へ出てきて一年足らず。宗十郎を手にかけた男たちの手掛かりもなく、時だけが無為に過ぎていた。ここで声をかけられたのは、運が悪かったわけではない。自身の無力さのせいだ。

「なにか手助けできることはあるかい」

「え?」

平八郎の声は、わずかに震えているようだった。

「濱田家には、随分と世話になった。私は生まれついてふた親を亡くし、叔母夫婦の養子となったが、それも死に別れてな。生来肉親には縁がなかった」

育ての親と奈緒の父は古い友だったという。その縁で、平八郎は濱田家に出入りしていたようである。

濱田の父は、平八郎と奈緒を一緒にさせようと思っていた節がある。まだ前髪を上げる前の奈緒に、それとなく母が心構えとして教えてくれたのだ。それを知らぬ平八郎ではあるまい。奈緒は、知己の妹というだけではないのだ。

「遺される者の心さみしさは誰よりも知りえている。実家を無くし、はては伴侶まで非業の死を遂げられた。奈緒どのの悲しみはいかばかりか」

「ですが……坪井さまにご迷惑がかかります」

「声をかけたとき、拙者はすでに迷惑を買っておるのだ。嫌なら後をつけたりしなかった」

平八郎の真剣な眼差しは、強い意志を感じさせる。

「長浜どのも江戸におられるのですな」

奈緒は観念してうなずいた。

奈緒も文二郎の慎重さには納得しているが、なにかしら打開するための策が欲しいと思っていた。

「坪井さま、ご無理を承知で、お頼みしたいことがございます。一年半前の春、米坂へお国入りした方々の名を調べられませんでしょうか。できましたら、定府のお方で」

「宗十郎どのが亡くなられたことと関りがあるのか」

「それは……」

言いよどむ奈緒に、平八郎は長く息をついてみせた。

「しばらく時を要するだろうが、必ず調べよう。ただし、それがわかったとしても、ひとりで事を起こさぬこと。いずれ拙者に仔細を教えてくれること。よろしいか？」

奈緒は顔をのぞきこまれ、いたたまれず顔を伏せた。

「お約束いたします」

平八郎の申し出で、この先は人を使って文をやり取りすることになった。閑職にある平八郎とて、頻繁に奈緒と会うわけにはいかない。このあたりは、米坂藩士が女を買いに足を運ぶ深川だ。こうして話をしている最中も、平八郎は表の通りに素早く目をやり警戒している。

「道場に出入りしている魚屋がおる」

ふだん上屋敷で平八郎の身の回りの世話をする下男はいるが、ほかの下士の長屋にも出入りしている。口が軽い老人で使いは頼めないとのことだった。その魚売りは読み書きができないため文を盗み見することはなく、銭さえ積めば言うことを聞く。

(すこしでも宗十郎さまの無念が晴れるならば、どのような藁にもすがろう)

ただ、平八郎が藩に文二郎たちのことを告げ口すれば、すべては水の泡になる。

味方になってくれるかどうか半信半疑だが、娘時代のもうひとりの自分が心の隅からこちらを見ている。ほんの少しだけ、平八郎を信じてもいいのではないかと、奈緒は思った。

二

平八郎のことを文二郎に知らせぬまま、半月余りが過ぎていた。

十月になっても、米坂藩から追手はかからず、奈緒は安堵していた。いまごろ平八郎は、面倒なことに巻きこまれたと暗澹としているだろう。このまま知らぬふりをしてくれてもかまわないと思っていたが、今朝早く、吉蔵と名乗る三十がらみの魚屋が、平八郎の文を届けにきたときは、厄介ごとに引きこんでしまった後ろめたさと、若干の喜びを感じてしまった。

文には、屋敷内は人目が多く、調べるのに今しばらく時を要するとだけしたためられていた。紙の裏側を見てもほかには何も書かれていない。がっかりしていると、吉蔵が「別れ話ですかい」と下卑た笑いを浮かべた。

「なにかあったのかい」

吉蔵が帰ったあと、薬研を立てる文二郎が、奈緒に声をかけてきた。あわてて文を畳む。

「いえ、なにも」

声の調子で人の機嫌や体の具合まで察してしまう文二郎だから油断はできない。できれば敵の素性を絞りこむまで、平八郎のことは黙っていたい。言葉少なく返事をして、これから金香堂へ薬を届けにいくと伝えた。金香堂は季節の菓子をそろえる冬木町のお店である。

「くれぐれも女将には、胃の腑の薬と申しておくのだぞ」

「承知しております」

金香堂の主人の仙吉は、文二郎の薬の常連で、半月に一度精力のつく薬を求めにやってくる。前に訪れたときに、十月は菓子作りの繁忙期のため、冬木町まで薬を届けてほしいと頼まれていた。

　仙吉は、春先に女房のおゆみに引きずられて薬屋にやってきた。おゆみによると、亭主は気鬱(きうつ)だと訴えるが、本人にどこが不調なのかたずねても、しどろもどろで症状がはっきりしない。すると文二郎が、奈緒とおゆみに表で待つようにと指図した。しばらくたって店に戻ると、すっきりした顔の仙吉が、文二郎に頭を下げていたのである。

　地黄(じおう)、山薬(さんやく)、沢瀉(たくしゃ)、桂皮(けいひ)などを合わせて持たせたが、さいごまで文二郎は、おゆみにはたいしたことはないと口にしただけだった。生薬(しょうやく)の配合から、腎虚(じんきょ)を改善する薬であると奈緒は目星をつけたが、詳しい病名はわからない。

「仙吉さんは、なんの病なのですか?」

「女房や、余所(よそ)のおなごがおっては、話しづらいものもあってな。精のつく薬といえばわかるじゃろう」

　仙吉は、陰萎(いんい)で夜の務めが果たせないと気をふさいでいたのである。たしかに口にはしづらいだろうが、はっきりと症状を訴えてもらわねば、正しい薬を処方することができないではないか。

「病人のなかには、身内の前では嘘(うそ)をつく者もすくなくない」

「嘘?」

「親想(おも)い、女房想い、亭主想い、子想い……様々あるがの。身内に余計な心配させたくないのだろう。仙吉の場合は、気まずさゆえのようじゃが」

だから患者を診る前に、まず嘘を見分けることが肝要だというのが文二郎の考えだった。だが、奈緒は物事の裏側を読み取るのが苦手である。夫や親の言葉に従い、妻としての役目を果たすことが、武家のおなごのあるべき姿だと信じてきたのだ。

文二郎は優れた医者かもしれないが、奈緒とは考え方に大きな隔たりがあった。義父のように人の嘘を見破ることなどできそうにない。

「金香堂へ行くついでに、やえ屋の蒸し豆も買ってきておくれ。あれがないと調子がでぬわ」

「店が開いておればいいのですが」

「女店主が耄碌したと申しておったな」

「くわしくはわかりませんが、おゆみさんから、そのようなことを耳にしました。ここ何日かは暖簾すら出ておりません」

金香堂の隣には、「やえ屋」という煮売屋がある。そこで売られている塩味で蒸した豆がとくに絶品なのだ。

二年前にやえ屋の主人の勘市が卒中で亡くなってから、勘市の母八重と、残された女房のおみよがふたりで店を守っていた。勘市とおみよは、二十も年の離れた夫婦で、おみよは十九歳だという。まだ余所に嫁げる年ごろだが、店を離れず老義母の面倒をみているできた娘だと、おゆみがいつも褒めていた。

菓子作りが一段落する午下がりを待って、金香堂に出向くと、店の様子が普段と違う。前の道を駆けていくのは、そこの若い職人たちのようである。

暖簾を押して店に入ると、土間にある腰掛に、おゆみとやえ屋の嫁のおみよが並んで座っていた。おゆみが、青白い顔のおみよの腕を気遣うようになでている。

「あれ、奈緒先生！」

おゆみが立ちあがると、腰掛が大きく軋んだ。慌てて台を押さえながら、おゆみが困ったことになってねえ、とおみよに目をやる。

「また八重さんがいなくなっちまったんだよ」

すると、表から仙吉と職人頭の弥彦が戻ってきた。

「どこにもいねえなあ。年よりだから、そう遠くまでは行っちゃあいねえと思うが」

ほかの職人たちが八幡様や小名木川の向こうまで足を延ばしているという。

こういうことがちかごろ多いのだと、おゆみに耳打ちされた。おみよはおゆみの親戚の娘であり、八重とは長く近所付き合いをしてきた間柄だ。無下にはできず八重を探しにでるものの、こうしょっちゅうでは菓子作りに支障をきたすと、おゆみのふっくらとした顔が語っていた。

もう一度探してくるかと弥彦が表に出ようとしたとき、店の奥から若い職人が「餡が仕上がりましたあ」と声を上げた。

「弥彦、仕上げをたのむ。わしは番屋に顔だしてくるわ」

「へえ」

仙吉に命じられた弥彦は奈緒とおみよに頭を下げ、店の奥へ足早にさがっていった。するとおゆみが、ちらと意味ありげにこちらに目を向けるから、奈緒は口を引き結んで首を横に振った。

弥彦は、年が改まれば年季があけるそうで、先日おゆみから、弥彦に合う娘はいないものかと相談された。しまいには、奈緒先生ならしっかりしているから、菓子屋の女将にいいのではないかと言われ面食らったのだった。

「こんな忙しいときに申し訳ありません」

おみよが、仙吉とおゆみに頭を下げた。

十月は、亥(い)の子(こ)の祝儀や夷講(えびすこう)などの行事がある。餅(もち)や菓子の注文が多く、店の奥には桐箱が幾段も積まれていた。

「しかたねえよ。勘市っつあんが死んでからこっち、八重さんも生きがいがなくなっちまったんだろうからよ」

仙吉がぶっきらぼうに告げると、ますますおみよはうなだれる。

「おみよちゃんは店で待っときなよ。ふらっと帰ってくるかもしれないからさ」

おゆみが丸い顔に精一杯の笑みを作り、おみよの背をぽんとたたいた。そして奈緒に視線を寄こし、あとは頼めるかいと手を合わせる。そろそろ客が品物を引き取りに来るらしい。

金香堂の隣の小さな一軒家の油障子(あぶらしょうじ)に「やへ屋」と屋号が書かれている。

店は奥行半間もない手狭な作りで、上がり口にある竈(かまど)には大きな釜(かま)が据えてあるが、火が入った気配はない。框に並ぶはずの大皿も、空のまま土間の隅に積まれていた。その横に、仕込み前の黒くて平たい雁喰い豆が笊の中に納まっている。

雁喰い豆は、豆の腹にすっと筋が入っていて、それが雁がくちばしで突いたように見えることからその名がついたという。大粒で食べ応えがあると評判の蒸し豆は、塩味がきりっと効いている。味付けの塩梅が絶妙で、それは八重しかわからない味付けらしい。

店の戸が開いているので客が中をのぞいてくるが、何もないのを見るとがっかりして帰っていった。

「実は、私も蒸し豆を買いに来たんです。義父が大好物で」

おみよは空の鍋に目をやり、何度も申し訳ないと頭を下げた。

「あたしも作れたらいいんだけど、器用なたちじゃなくて」

「売り物はすべて八重さんがこしらえているのですか？」

「蒸し豆も、刻みするめの醬油煮もごまめも、すべておっかさんの塩梅で仕上がっていて、あたしは客の相手と下ごしらえだけ」

なにをするにも手際が悪く、八重から見限られているんだとおみよは肩を落とした。

死んだ勘市も、年の離れたおみよを頼りにはせず、店のことは八重とふたりで切り盛りしていたらしい。

勘市が死んだあと、おみよは八重について仕事をおぼえようとしたが、近ごろは八重の癇癪や物忘れがひどくなり、店の味を引き継ぐどころではなくなってしまった。

「私も少しあたりを見てまいりますよ」

と、奈緒が戸を開けたとき、表に見覚えのある子が立っていた。

「あら、なっちゃん。ひとりでどうしたの」

この近くの甚兵衛長屋で暮らす、川並鳶の友蔵とおしまのひとり娘のおなつである。まだ四歳だが目鼻立ちに癖がなく、末は美しい娘になるだろうと奈緒は思っていた。

表に出ると、はす向かいの鋳掛屋の横の路地から、八重の手を引くおしまがこちらに向かって歩いてくる。おしまは奈緒に気づくと、「おみよちゃん、いるかい？」と大声で叫んだ。

「八重さんが、そこのお稲荷さんでしゃがみこんでいてねえ。ちょいと右足をひねったみたいだよ」

草履をつっかけながら表に駆けて出たおみよは、ゆっくりと歩いてくる義母の姿に安堵の息をついた。

「おっかさん、黙って出かけないでくれって言っているだろう！」

「八幡様の縁日で、勘市が迷子になっちまったんだ。探しても見つからないんだ。おまえ、行って探しておいで」

口ぶりはしっかりしているが、言っていることが要領を得ない。奈緒とおしまはそっと視線を交わした。

「なに言ってんの、八重さん。勘市っつあんはとうに死んじまっただろう」

おしまが八重の背に手をあてながら、店の前の縁台に座らせる。奈緒は、八重の骨と皮だけに近い足首に手をあてた。少し熱を持っている。

「おみよさん、うどん粉はありますか?」

「ああ、団子汁をこしらえるためのものがあるよ」

「うどん粉に酢を混ぜたものを足首に塗って、しばらく安静にすれば腫れは引くと思いますよ」

奈緒は医者ではないが、足をひねっただのぶつけただのとやって来る客を相手にするうちに、簡単な手当てはできるようになっていた。

「大丈夫だよ、こんなの唾をつけておけば治る」

八重はそう言い放ったが、支えがないと台から立つこともできない。おみよは、ふたりに何度も礼を言うと、「勘市はどうした」と繰り返す八重を抱えて店に戻っていった。

「八重さん、昔はしっかりした気風のいい人だったんだけどね」

おしまが力なく首を振った。

「やはり勘市さんを亡くされてからでございますか」

「ずっと母子ふたりで頑張ってきたからさ。勘市っつぁんが倒れたときは、そりゃあ嘆き悲しんで。さっきあたいが見つけたときも、勘市がむこうで待っているってわけのわからないこと叫んじまってさ」

八重は早くに亭主を亡くし、女手ひとつで勘市を育ててきた。煮売屋を営むも貧しい暮らしで、店がそこそこ繁盛してようやく、金香堂の縁で、おゆみの遠縁にあたるおみよを嫁に迎えたという。勘市はすでに三十半ば過ぎ。十七のおみよとは親子ほど年が離れていた。

貧しい煮売屋の親父のもとに、はつらつとした若い娘が嫁いできてくれた。はたから見たらぎこちない夫婦だったが、勘市は周囲からおみよのことで冷やかされると、嬉しそうに照れていたという。

「おみよさんは、ご自身が不器用で、勘市さんから頼りにされていなかったとおっしゃっていました」

「あれは勘市っつぁんが、おみよちゃんをかわいがっていた裏返しなんだよ」

奈緒は勘市と面識はないが、おそらく口下手で不器用な男だったのだろう。

「だけどさ、そういうのって、母親からしてみれば、息子をとられたみたいな気になっちまうんだろうねえ。うちの亭主のおっかさんもさ、いまだにあたいを見るとき、こーんな目をするよ」

と、おしまは両目尻に指をあてて、狐のようににらんで見せた。

「八重さんにとっては、店も息子も同じくらいかわいいからさ。勘市っつあんがいなくなったら、店だけは誰にも譲りたくないって意固地になっちまっているんだろうね」

もしかしたら、金香堂の人たちがおみよに親身になっているのは、不運を引き寄せるような縁を結んでしまった負い目なのかもしれない。

「だけど、息子が死んだこともわからなくなるなんて、考えたくもないねえ」

おしまはおなつを抱きかかえ、ちいさな丸い頭をくしゃりと撫でた。

「亭主のことは、すぐにでも忘れちまいたいけどね」

本音とも冗談ともわからぬことを言うおしまは、屋号が書かれた油障子を眺めて、「これでやえ屋の味もおしまいだね」と寂しそうにつぶやいた。

三

雁喰い豆が買えなかったと告げると、文二郎は夕餉の味噌汁の椀を手にしたまま、あからさまに落胆した。

一日中薬研を立てたり、隣の古着屋の金助と縁台将棋を指したり、三味線を奏でたりする暮らしにも飽き飽きしたとばかりに、ちかごろの文二郎は食にこだわり、どこそこの煮豆がうまいだの、豆腐は向島だの、梅餅はどこだのこうだのと口うるさくてかなわない。

なかでも八重が仕上げる雁喰い豆の蒸し煮は、鹹味（塩気）が舌に合うらしい。

日々の掛りに事欠く暮らしである。ただ辛抱が肝要といえども、毎日腹は減る。美味い物を食い健勝であることが何よりの薬というのが、文二郎の口癖だった。

「残念ながらこの先も豆が買えないかもしれませんよ。やえ屋は店を畳むかもしれないと、おみよさんがおっしゃっていましたから」

「そりゃあ困る。あそこはごまめも絶品なのに」

「私の腕が未熟でもうしわけありませんねえ」

むっとして言い返すと、文二郎は悪びれる様子もなく「おまえさんの味は、ぼんやりしておる」とにべもない。

（おみよさんじゃあないけど、義理の親と腹蔵なく付き合うのは辛抱のいることだ）

などと考えていると、噂のおみよが提灯を下げてやってきた。

「このような遅い時分に、八重さんをひとりにして大丈夫ですか」

「今日は歩き疲れたみたいで、ぐっすり寝ているよ」

念のため金香堂のおゆみに家を空けると声をかけ、薬屋を訪ねてきたのだった。

八重はまだ足を引きずっているが、膏薬を貼るほどではないという。そのかわり、別の薬を処方してもらいたいと頭を下げた。

奈緒がおみよの顔をのぞき見ると、あたしじゃないよとぎこちない笑みを浮かべてみせた。

「おっかさんが、正気に戻れる薬はないもんでしょうか」

おみよは、板間で腹ごなしをして寝転ぶ文二郎に目をやった。文二郎はゆっくり体を起こし、声の主に耳を傾ける。

「春先までは、もっとしっかりしていたんだよ。勘市さんがいなくなってからも、気張って暖簾を出してさ」

ふたりの暮らしに多少のぎこちなさはあったが、金香堂や近所の人たちの助けもあり、どうにか店を切り盛りしていた。だが、徐々に八重は体調を崩しはじめた。

ならばおみよが仕込むしかない。八重に味付けを教えてくれと頼んだが、うるさいと相手にしてもらえない。近ごろは作り方も思いだせないと言いだすしまつ。

「このまま全部忘れてしまったら、勘市さんの頼みを叶えることなく店を潰してしまう」

「頼み？」

「息を引き取る前、勘市さんは満足に口がきけなくなっていたけど、たしかに店とおっかさんを頼むって、あたしの手を強く握りしめたんだ」

嫁に来ても何の役にも立てなかったと思っていたおみよは、夫から最初で最後の願いを託され、悲しみにくれながらも嬉しかったという。だが八重はあの調子で、暖簾を出すどころではなくなってしまった。

「金香堂のご主人から、ここの先生はとても腕の良いお医者だとお聞きしました。お願いします。どうかおっかさんの物忘れを治してください」

そんな都合のいい薬などありません、と口に出したいのをぐっと飲みこむ。奈緒は義父の目でしかなく、医者ではないのだ。

「すっかり呆けを治せるわけではないが、心の働きを良くしてみるか」

文二郎に告げられた甘草や棗などを百味箪笥から取り出し、刻んで薬研に入れる。文二郎が薬研を立てるあいだ、おみよは上がり框で身じろぎもせず、その手元を見つめていた。

「これでおっかさんは良くなるんですね」

「そりゃ、わからん。人の体はおのずと治るようにもなるし、天命によって衰え死に近づくものでもある。薬が役に立つかどうかは、それこそ天のみぞ知る、じゃ」

おみよは奈緒が手渡した薬包を手のひらに収め、願いを込めるように強く握りしめた。

四

奈緒が八重の異変に気づいたのは、仙吉に薬を届けたあと、店の前で北風に裾をまくられ立ち止まったからだった。止む気配のない風を避けて、金香堂とやえ屋の間の路地に身を隠したとき、奥から人の話し声が聞こえてきた。

店の裏にある共同井戸の前で、金香堂の小僧がしゃがんで泣いている。その横に八重が膝を折り、地面にちらばった薪を拾い集めていた。どうやら小僧が薪を抱えて店の裏口から出てきて、風にあおられひっくり返ったようだ。八重は小僧を立ちあがらせると、こんなことで泣くんじゃないよと、小さな額を指で突く。

「これ食って精をお出し」

と、袂から干し杏を手に取り、小僧の口に押しこんだ。目を大きく見開いた小僧は、涙をぬぐいながら咀嚼しごくりと飲みこむ。そして集めた薪を拾い上げると、元気な足取りで立ち去っていった。

声をかける間もなく、八重は腰をたたきながら裏口から家の中に戻ってしまった。ずいぶんはっきりとした物言いで、耄碌している老人には見えない。

(まさか、まことにお父上さまの薬が効いたのだろうか)

表にまわってやえ屋を訪うと、框の上に大皿が並んでいた。すでに総菜の半分は売れている。

「いらっしゃい、奈緒先生。今日は蒸し豆がありますよ」

店番をするおみよの顔には疲れた色が浮かんでいた。

「これは八重さんが?」

「ええ。今朝は調子が良かったみたいで。仕入れてあった豆や牛蒡が悪くなる前に拵えてくれてほっとしました」

昨晩、店にしまいこんでいた食材が鼠に食われているのをみつけ、おみよが捨てようとしたところ、今朝になって急に竈に火を入れ、売り物の仕込みをはじめたという。

「このままもっと元気になれば、きっとおみよさんに店の味を教えてくださいますよ」

「でも薬を飲ますだけでも大仕事で」

物忘れが無くなる薬だと勧めても、八重はなぜそんなもの飲まなきゃならないと癇癪を起こすという。それでもどうにかなだめて飲ませているようだ。

「たぶん今朝はたまたま気が向いただけですよ。だって、さっき勘市さんが表で泣いているって駆けて行きましたから」

おや、と奈緒は首を傾げた。

先ほど目にした八重は、小僧をしかりつけるほど矍鑠としていたのに。

ふと、文二郎の言葉が頭をよぎった。病にあるものは、ときに身内の前では嘘をつく。もしかしたら……。

「おみよさん、ちょっと八重さんをうちへ連れて行っていいかしら」

「おっかさんを?」

「一度義父にもじっくり八重さんを診てもらいましょう」

「じゃあ、あたしも……」

腰を上げるおみよを、奈緒は押しとどめた。

「たまにはゆっくり息抜きでもしないと、おみよさんが倒れてしまいますよ」

朝から晩まで八重から目を離せないおみよは、すっかり疲れ切っていた。しばし考えこんだおみよは、戸惑いながらもほっとしたように奈緒に頭を下げた。

おみよに呼ばれて茶の間から姿を見せた八重は、いつものようにぼんやりと焦点の合わない目で奈緒を見つめる。すこし外を歩かないかと誘うと、面倒くさいと文句を言いつつ、すんなりと奈緒について表に出てきた。足の痛みはほとんどないという。年のわりに足腰は丈夫で、文二郎に比べればよほど健勝である。

口も達者で、堀川町に向かう道すがら、八重はこの堀で勘市がおぼれそうになったことがあるとか、深川一賢い子だったなどととめどなく話し続けた。

「父親が居なかったからさ。あの子にはずいぶんと苦労をさせてしまった。おみよがもう少し気の利いた嫁なら、勘市ももう少し楽ができるってのにねえ」

話の終いは、かならずおみよの話にすり替わってしまう。それはたいてい小言だが、たまに出来の悪い娘を心配するような含みが込められていた。

「あんなに不器用な娘は見たことがないよ。掃き掃除を頼むと、それまでやっていた縫物をほったらかしにするし、煮物を焦がすなと言うと、目もそらさず何刻でも竈の前に立ちつくして、じっと鍋の中を見つづけるんだ」

たしかに器用とはいいがたいが、真面目なおみよらしいと笑みがこぼれた。八重もそれがよほどおかしかったらしく、首と鼻の下を伸ばして鍋をのぞきこむおみよの真似をして、腹を押さえて笑いだした。

堀川町の小路に入ると、古着屋の前で金助と文二郎が縁台将棋を指していた。木戸番の長吉が、首を伸ばして盤面をにらみつけている。金助の打つ手に笑いをかみころしている様子から、今日も文二郎が優勢のようだ。

薬屋に入ると、八重は生薬の匂いに顔を歪めた。物珍しそうに百味簞笥に目をやると、「いっぱしの医者みたいだね」と皮肉を言った。

八重は竈へ向かい、鍋に残るお汁に小指を入れてぺろりと口に含んだ。

「はっきりしない味だねえ」などと文句をいいながらも、うちの蒸し豆と合わせりゃちょうどいい塩梅になるだろうけどとつぶやいた。

「お父上さまも、いつも私の味付けが薄いとぼやきます」

「もしかして、親父どのは糞が固いんじゃないのかい？　それとも汗っかきか」

「ああ、たしかに……」

文二郎は江戸へ出てから、便が固いとぼやいている。

「青菜に塩をもみこめばくたりとするだろう。あれと同じしくみさ。そのせいで塩気を欲しているのさ」

「なんと、塩にはそのような効能が！」

「人によりけりだけどね」

食材にはもとから備わった味がある。その力を引き出してさらに美味くしてやるには、五味を使い分ける勘が必要だという。

「あんた、食い物を拵えるのは好きかい？」

「嫌いではありませんが、あまり得手ではございません」

「食い物屋と薬屋には、深い関りがあるのを知っているかい？」

八重はそう言って、上がり框に腰をおろし、皺の寄った指を折っていく。

「辛、甘、酸、苦、鹹（かん）の五味は、それぞれ五臓と関りがあるんだ。甘みと辛みを合わせりゃあ足が火照（ほて）ってくる」

　だから生姜（しょうが）と砂糖を合わせて煎（せん）じて飲めば、足の冷えに効くのだ。

「なるほど。さようでございますねえ」

　奈緒は薬の覚書をしたためる帳面を手にとり、八重の言葉を書き留めた。熱心なことだと八重は笑ったが、勘市もひとつひとつ味付けを帳面につけて、日々工夫をしていると目を細めた。小さな煮売屋とはいえ、味に手を抜くことはない。だから暖簾が出ていなくても、多くの客が八重の味を求めて足を運んでいるのだろう。

「八重さんの煮物が美味しいわけがわかりました。私どもが売る薬と同じで、食べたいと思う味が、いま体に足りないものなんですね」

「そういうことを、お袋さんから習わなかったのかい」

　奈緒は実の母から料理を教わることなく死別した。長浜家に嫁いでからも、すでに宗十郎の母は病没しており、台所は、文二郎の代から働いていたおかつに任せきりになっていた。だがそのおかつも二年前に病気で屋敷を下がってしまった。その後は奈緒が台所を賄（まかな）っていたが、文二郎と宗十郎の舌にはあまり合わなかったようである。

　こうして八重から味が薄いだの、食べ物を粗末にするなだの説教を受けると、母や義母から躾（しつけ）を受けているような気になってくる。

「そうやっておみよさんにも、煮物の仕込みをお教えになったらいかがです？」

煮売屋「やえ屋」は、八重の味で成り立っている。この先のことを考えれば、おみよに引き継がねば店は立ちゆかなくなるだろう。八重と話してみたかぎりでは、ぶっきらぼうだが教え方も丁寧である。

「お武家に生まれた先生方にゃあわからないだろうけど、わしらみたいな小商いは店や家を残そうなんぞ思っちゃいないさ。今日の御飯さえ口にして、夜露をしのぐ屋根さえありゃあええ」

八重は曲がった腰をさらに折り、足元に落ちている米粒をひとつつまんでじっと見つめた。

「名を残そうだの、味を引き継がせようなんぞ、年よりの傲慢だと思わんかね」

「そうでしょうか。すくなくとも、私は継承することは命を継ぐことだと思います」

武家は東照神君の御代から続く家と禄を守らねばならない。そのために奈緒は長浜家に嫁いだのだ。だが夫の宗十郎は無念の中で命を落とし、長浜家の直系の血を引き継ぐ子はいない。妻として役目を果たせなかった負い目は、奈緒の心の内に常に重くのしかかっている。

「死んだもんはそんなこと考えとりゃせん。ああ、もっと生きたかった、わしが築き上げたもんはわしのもんじゃと、地獄の釜の中で泣いておるだろうよ。勘市だって……」

「八重さん、やはり物忘れなんぞしていないのではありませんか？」

「なんのことだい」

きまり悪そうにそっぽを向く八重である。

（でもなぜそんな嘘を……？）

問いただそうとしたとき、表から金助の「逃げるのかい、文先生」という嬉々とした声が聞こえてきた。

するといままではっきりした物言いをしていた八重が、ぼんやりとした顔つきで「うちの勘市も上手い将棋を指すよ」と、ニタリと笑った。

店に文二郎が戻ってきてからも、八重は勘市の話をし続けた。しばらくの間、文二郎に話し相手をさせていると、日はすっかり西の空に傾いていた。

「八重さん、そろそろ戻りましょう」

「いやだ。まだ帰らん」

奈緒が草履をかけるも、八重は帰りたがらない。おみよが心配していると諭すと、ひとりで帰ると言い張った。危ないから駄目だと言っても聞き分けなく、さっさと薬屋を出てしまう。慌てて後をつけるも、ついてくるなと怒鳴るのだ。

奈緒が薬屋と八重の間で狼狽えていると、店の奥から文二郎が「長吉、まだおるかい」と声を上げた。薄闇の中で将棋を指している長吉が、「へえ」と返事をした。

文二郎から、八重を冬木町まで届けてほしいと頼まれた長吉は、「あと二手で王手なのに」と悔しがりながらも、身軽に駆けていき、ふらつきながら歩いていく八重の横にぴたりと張りついた。

八重が怒鳴ると思いきや、おとなしく長吉に身を寄せて歩いていく。

冬の枯れ葉が舞う道をゆっくりと遠ざかっていくうしろ姿を見送りながら、奈緒はなぜ自分が送り届けてはならなかったのかわからず、首を傾げた。

五

翌日、文二郎に頼まれ八重の様子を見に行くと、店の中からおみよの泣き声が聞こえてきた。暖簾を押して入ると、土間に大皿が落ちて割れていた。

「これはいったい……」

ごまめが散らばり、それを避けるように八重がぼんやりと立ちつくしている。おみよが板間で仁王立ちになり、震える拳（こぶし）を自分の腿（もも）に何度も打ちつけていた。その拳は八重に向けようとしたのかもしれない。のろのろとしゃがんだ八重は、ごまめをつまみ、手のひらに集めていく。おみよは義母を見下ろしながら、唇をかみしめていた。

「おみよさん、何があったんですか?」

おみよは奈緒に目を向けると、袂から薬包を取り出し八重に投げつけた。文二郎が処方した薬だった。

「裏の縁台の下に捨てていたんだ。あたしがおっかさんのためを思っていただいてきた薬なのに!」

「そんなもん飲んだって、なあんにも思い出しやしないし、おまえに教えることも、ひとっつもないんだよ」

怒鳴られたおみよは、我慢しきれず板間に伏して泣きだした。

「なんでそんなにあたしを追い出そうとするんだよ！　あたしはこの店を守ろうって決めているのに。味を教えてくれというのが、そんなに気に障ることなの？」

奈緒がおみよの背に手を当てると、勢いよく払われた。泣き声がますます大きくなり、やがて店の前を通りかかった弥彦が何事かと顔をのぞかせた。

「こりゃあ、どういうこったい」

店の惨状にぎょっとしたかと思うと、すぐに女将さんを呼んでくると踵をかえしたが、「やめて！」とおみよが声をあげた。これ以上迷惑はかけられないと思っているのだろう。

八重は、戸惑いながら立ちつくす弥彦にむかって忌々しそうに舌打ちした。そして茶の間に上がると、小さな行李を抱えて戻り、上がり口に投げ置いたのである。

「おみよの身の回りのものが入っている。これを持ってさっさと出ておいき。この店は勘市のもんだ。余所者のおまえに譲るもんはひとつもない」

もう話は終わりだと吐き捨てる八重を前に、おみよは息をすっと吐き、そのまま放心してしまった。

「八重さん、言ってよいことと悪いことがあります！」

錐のような言葉は、刀よりも鋭く人の心を傷つける。それはどんな妙薬でも治すことはできないし、かさぶたになっていつまでも消えないのだ。

「もう、いいよ。奈緒先生」

ぽつりとつぶやいたおみよは、行李を手に取り、草履に足をのばした。

すると弥彦がおみよを押しとどめ、八重に向かって静かに口を開いた。

「八重さん、あんたが呆けちまったのは勘市さんが死んじまったせいにちがいねえ。だからうちの女将さんも親方も不憫に思って、なにかと世話をやいてきた。だが、おみよさんのことを思ったら、これ以上だまっちゃあいられねえよ」

弥彦は、二十も年の離れた男に嫁ぎ、寡婦となってもなお店を守ろうとしたおみよのどこが不満かと八重をなじった。

「おみよさん、もうこんな家は出るべきだ。あんたはあっしが面倒みてやる」

おみよがはっと顔を上げた。弥彦がぴんと張った手ぬぐいで泣きはらした目元を拭ってやると、おみよは頬を染めてうつむく。だがすぐに、そんなことはできない、とその場にしゃがみこみ、行李を足元に置いて首を振ったのである。

「何度も言ったでしょ? あたしはやえ屋とおっかさんを守らなきゃならないんだよ」

おみよはぐっと唇をかみしめ弥彦に背を向けた。微かに震える細い肩に、弥彦がそっと手を添える。ふたりは好きあった仲だったのだ。

（じゃあ八重さんは、弥彦さんとの仲を良く思わず、おみよさんにきつく当たっていたのだろうか）

ふと八重に目をやると、その顔は五味について語ったときのような、どこか恍惚（こうこつ）とした表情が滲（にじ）んでいた。

八重は奈緒の視線を受けて、ふっと顔を伏せる。

「そういうことでしたか！」

奈緒はようやく、八重の嘘の正体がわかった気がした。

「八重さんは、おみよさんと弥彦さんのために、店の味を伝えなかったのですね！」

「え？」

おみよと弥彦が、同時に奈緒を振り返った。

「てっきり八重さんがふたりに意地悪をしているのかと思いましたが、まるきり逆だったのですね」

弥彦とおみよは顔を見合わせている。

「ふん。お医者ってのはつまんないことを言うもんだねえ」

八重は土間におりると、すすっとおみよに歩み寄り、腕をつかんで立ちあがらせた。そして行李を拾い上げて、ぐいとおみよの胸に押しつける。

「勘市が死んですぐに追い出せばよかった」

「おっかさん……」

「もう十分だよ、おみよ」

八重の声はこれまでになく優しく、目じりも心なしか緩んで垂れていた。

「意地をはらず、弥彦と一緒になりな。うちに縛られることはないんだよ」

おみよは激しく首を振った。わからずやだね、と八重がため息をつく。

「おふたりが好きあっていることを、八重さんはいつから知っていたのです？」

奈緒の問いかけに答えたのは、八重ではなく洟をすするおみよだった。

「たぶん、あたしが下手な煮豆を仕上げたころだろう」

勘市が死んで一年あまりは気丈にふるまっていた八重だが、やがて体をこわして店に立てなくなってしまった。そこでおみよが八重の代わりに総菜を拵えてみたが、なんど試しても上手くいかない。

「うちの客は、おっかさんの味で舌が肥えていてね。味が少しでも決まっていないと見向きもされない」

売れない蒸し豆を前に途方に暮れていたとき、弥彦が様子を見に店にやってきた。いつものように八重の具合はどうだとたずねたその目は、艶のない蒸し豆に注がれていた。恥ずかしくて大皿をさげようとしたとき、弥彦は豆を口に放り「あっしの口にはちょうどええ」と笑ったのである。

「塩っ気もなにもないようなもんを、うまいうまいと食ってくれる。菓子を作る職人が、そんな舌でいいのかって呆れたもんだ」

「ほんとうに、あっしには美味しかったよ」

弥彦が照れ臭そうにはにかんだ。

その後も、八重が店に立てないときは、おみよが見様見真似で総菜をつくった。するときまって弥彦がやってきて、売れ残りをすべて買ってくれるのである。

だんだんと弥彦がおみよの心の支えになっていった。そして弥彦への想いは、いつしか死んだ勘市の願いを心の奥底にしまい込むほど大きなものになってしまったのだ。弥彦もおみよに惹かれていき、一緒になりたいと口にするようになっていった。

だが、勘市から後を頼むと託されてまだ一年ほどしかたっていない。後ろめたさもあって、弥彦の想いに応えることができなかったという。

「そのころから、おっかさんはあたしにつらく当たるようになっていった」

「それも全部、おみよさんのためだったのですね」

八重は店にやってくる弥彦のやさしさと、それに応えられず苦しむおみよの想いを、店の奥から垣間見ていた。おみよはまだ若い。勘市や店に操を立てるいわれはないのだ。

「だけどうちの嫁は頑固でねえ。毎日毎晩、味を教えろの一点張り。だがそんなもん教えたら、ますますここから出られなくなっちまうだろう」

耄碌（もうろく）したふりをすれば、おみよも辛抱ならず家を出たいと思うはずだ。後ろ髪引かれることなく、弥彦と一緒になれると、八重は考えたのだった。

「それがおみよときたら、こんどは薬屋で呆けを治す薬をもらってきたなんて言う」

八重があちこち出歩いて、おみよと弥彦が会える時をつくってやっているのに、おみよは八重の心配ばかりしてしまう。昨日、八重がすんなり薬屋についてきたのも、そんな事情があったからなのだ。奈緒に送ってもらいたくないとごねたのも、顔見知りの奈緒が、ふたりの関係に気づけば、おみよがさらに心を固く閉ざしてしまうと思ったからだろう。

「これは荒療治をしないと、この子はわしの死に水まで取ると言い出しかねない」

そして今朝がた、薬を飲んでいないことを知ったおみよに責められたとき、「おまえなんぞうちの嫁じゃない」と罵（のの）ったのだった。

奈緒は、八重の顔をしげしげと見つめた。不躾（ぶしつけ）ではしたないほどに、老婆の目を見つめる。ふっとそらした八重の横顔は、身内に病を押し隠そうとする病人に見られる、覚悟のようなものが隠れていた。

目の前におみよがいる。この偏屈な老婆は本心をすべて語ってはいない。薬屋に向かう道中で、八重はおみよのことを目じりを垂らして語っていたではないか。

「お嫁さんも頑固ですが、お姑（しゅうとめ）さんもおなじくらい強情っぱりですね」

「ふん、なにを賢（さか）しげなことを。わしはもう、あれの母親じゃないよ」

「いい加減に素直になってくださいな。ほんとうは、おみよさんと離れるのがさみしいのでしょう？」

　おそらく、ふたりで過ごした二年の年月は、八重にとって何ものにも代えがたいものだったのだろう。そうでなければ、あれほど楽しそうにおみよのことを話しはしない。

「ほんとうかい？　おっかさん」

　出来の悪い嫁だと言いながら、彼女を見る八重の目の奥にはあたたかな潤みが見えた。

「勘市が死んじまってすぐに、この子が気落ちしているわしに蒸し豆を作ってくれたんだ。これがびっくりするほどまずくてさ。こりゃあ一から仕込まねばなんねえと思ったが、存外わしも気力が続かなくて」

「当然でございます。逆縁の悲しみは、そうたやすく癒されるものではございません」

　そのうち八重は、おみよが金香堂の弥彦に想いを寄せていることに気がついた。弥彦の気持ちはおみよも察しているだろうに、店と義母を守らねばならないと弥彦を遠ざけるのだ。それは、おみよが自分自身に言い聞かせる楔のようで、哀れで仕方がなかった。

　八重は自分がおみよの幸せの妨げにだけはなりたくないと、縁を切ることを決めたのだ。己の心に芽生えていた、おみよへの愛おしさに蓋をして。

「なんでもっと早く言ってくれなかったの？」

　おみよが八重に駆けより、細い腕を取って手のひらを両手で覆った。

「おっかさんを置いて、あたしひとり幸せになれるわけないじゃないか！」

「そう言うと思ったから、さっさと追い出したかったんだ」

八重はおみよの手を払おうとするが、おみよはさらに強く握った。

「だったらこれからも一緒に暮らせばいいじゃない。ねえ、弥彦さん」

「ああ。はじめっからあっしはそのつもりだったよ」

弥彦はすでに六間堀(ろっけんぼり)に店を借り、年明けには金香堂の客をいくらか回してもらうことになっている。八重の面倒くらいなんてことはないと請け合った。

それでも八重はここを離れるつもりはないと首を振る。亡き息子を忘れることはできないのだ。

強情っぱりの八重に、みながため息をつく。すると、八重がおみよの手からおのれのそれを引き抜き、茶の間から襷(たすき)を持ってくると手早く片襷をして土間に下りた。奈緒と弥彦に「邪魔(じゃま)だ」と手を振り、水甕(みずがめ)をのぞいて手杓(てしゃく)を手に取る。

「わしは勘市が残した店を守らねばなんねえ。そりゃあ、母親のわしの役目なんだよ」

だからおみよについていくわけにはいかないと、強く首を振った。

「その代わり、店の味を叩(たた)きこんでやる。おみよ、さっさと豆の支度をおし」

「え？」

おみよが戸惑いながら、八重を見つめる。

「おまえはわしの娘として嫁いでいくんだろう。だったら、この店の、母親の味を教えねばならねえだろ」

　ただ、あまりにこの娘は不器用だから、今年のうちに叩きこめるかわからないよと、弥彦に向かって口の端をあげた。

六

　万年橋ちかくの茶店の裏に、稲荷神社がある。風で巻き上がる砂から目を守るために、手で顔を覆って進むと、やがて約束した社が見えてきた。あたりを見渡し鳥居をくぐると、社殿の前に二本差しの男がたたずんでいる。坪井平八郎も周囲を気にする風にして足をこちらに向け、脇に建つ庫裡の陰に身を隠した。

　奈緒が魚屋の吉蔵から新たな文を預かったのは、今朝早くのことだった。

「遅れてもうしわけありません」

　平八郎のそばに行くと、ふっと風が和らいだ。

　自ら風上に立ち、奈緒に寒風が当たるのを防いでいる。まだ単衣の着衣に身を縮め、青い唇がかすかにふるえていた。

　今朝はぐっと冷えこみ、町に霜が立っていた。道を歩けば、日に溶けた霜が地面をしっとりと濡らしていたので、急いでここへ駆けつけたかったのに、足を取られ焦れた奈緒だった。

「そろそろ袷をお支度なさいませ、坪井さま」

「なに、この身を鍛錬するにはちょうど良い寒さなのだ。それに米坂に比べたら、こんな空っ風……」

一陣の風が吹きぬけ、平八郎は肩を縮めて巻き上がる砂から顔をそらした。

ふっと笑いが漏れそうだった。やせ我慢をして風邪でもひいたら、うちの薬を処方してあげなければ、と。

どことなく宗十郎に似ていると思い、胸の奥が熱くなるのを感じた。同時に、後ろめたさと恥じらいも。こうやって宗十郎以外の男に時間を割いていることを、あれこれと理由をつけて許されようとしているのではないか。宗十郎と平八郎は、見た目も気性もまるきり違うのに。

娘時代に想いをよせていた平八郎と、死んだ宗十郎が、貝合わせのようにピタリとはまるのではないかと都合のよいことを考えてしまう。深川の女たちが男にかまけて右往左往する姿や、手前勝手に生きようとする人たちを見て、軽蔑さえ抱いていた奈緒だったが、人のことを言える立場ではなかった。なんて強欲で浅はかなのだろう。ここへ来る道すがら、浮つく足を止めることができなかった。

「近いうちに、勘定奉行より新しい普請事業の命が下るやもしれず、米坂の藩邸がごたついておって、連絡が遅れてしまった」

「新しいお役目でございますか?」

「宝暦の治水に関わる追加の天下普請のようだ。まだ米坂藩に定まったわけではないらしいが、それに伴う分担金をどうするかと、上の方たちは頭を抱えておられる」

奈緒には御公儀の事業に関しては皆目見当もつかない。それを承知で平八郎が知らせたとしたら、頼まれごとを断る口実なのかもしれないと、奈緒は思った。

だが、意外にも、平八郎はあと少しで名前帳が見つかりそうだと悔しがるのだった。

「勤番（きんばん）の者ならばすぐに調べられようが……そうではない者となると、単に墓参りなどで下向する者もおるからな」

そして平八郎は、奈緒にたずねた。

「なぜ宗十郎どのを殺（あや）めたかもしれぬ者が、定府の者だと確信を得ておるのか教えてはもらえぬか」

それがわかれば、いますこし踏みこんで調べられるかもしれないと、平八郎は言った。

「それは……」

奈緒は、いまさらながら、坪井平八郎を信じてもいいのかとためらいを感じていた。実父や兄と酒を酌み交わしていた知己であるが、奈緒の中で意図せず善人の面をかぶせてしまっているのではないだろうか。時というものは、悲しみにある者の心を癒しもするが、ときに都合の良い部分だけを切り取り、それは心の中に張り付いて離れなくなる。

若き日の甘酸っぱい想いは、薬のように奈緒の中に染み入り、奈緒自身が望むような姿に書き換えられているのではないか。

颪に乗って、文二郎の声が聞こえた気がした。境内を見回すが、人の姿はない。

ようやく奈緒は、自分の立場を思いだした。懐かしさに酔いしれている場合ではないのだ。

そもそも、平八郎が藩邸近くで奈緒を見つけたのは、偶然だったのだろうか。

(坪井さまが敵に通じておらぬとどうして信じられようか)

やえ屋で持ちあがった騒動がなければ、奈緒は疑いもせず平八郎にすべてを話していただろう。

終いまで嫁のおみよに本心を語らず、意地を張りとおそうとした八重の想いは、文二郎の寡黙な姿と重なった。

昨夜、やえ屋の顚末を話したあとで、文二郎にかけられた言葉が頭から離れない。

――もしもおまえが望むのならば、長浜の家を捨てても構わない。

文二郎とて本懐を遂げられねば無念であるが、生きている奈緒自身が、おのれの身を大事にすべきではないかと、光の届かぬ目で語っていた。奈緒は、おみよに自分を重ね、明るく笑う彼女を眩しく見ていた。

宗十郎の無念を忘れ、新たな道を選んでもいいのだろうか。そんな迷いが、奈緒の中に湧き上がっていたのも確かである。

しかし奈緒は、文二郎にきっぱりとこたえたのだ。

――私は長浜宗十郎の妻。長浜家の嫁でございます。

しばらく黙っていた文二郎は、そうか、と短くつぶやいただけだった。

そんな奈緒の逡巡を知ってか知らずか、平八郎はそれ以上のことは追及しなかった。

ただ、ひとこと、

「これからも、私と会ってくれるかい」

と告げただけだった。

奈緒は、昨夜文二郎と交わした会話が、遠いものになる予感がして、とっさに目を閉じた。これ以上、この男の顔を見ていたら、引き戻した決心が揺らいでしまう。

(宗十郎さま……お父上さま……)

がちがちと、妙な音が聞こえて、奈緒はそっと目を開けた。

平八郎の歯が鳴っていた。颪は強くなり、クヌギの木が大きくしなると、木の実がパラパラと落ちてくる。月代に落ちた実が跳ねて、いたいと平八郎が顔をしかめる。はしたなく、奈緒は声を出して笑ってしまった。

「しかめ面よりも、そうして笑っておった方が、奈緒どのらしい」

などと、奈緒の気を引くようなことを言いながら、青い顔で震えたりして、あたら美丈夫が台無しである。そんな平八郎が妙に滑稽で、とっさに奈緒は平八郎への疑念を胸の内に押しとどめてしまった。

奈緒がうなずくと、平八郎は眦を垂らして、ひとつくしゃみをした。

第四話

雪鳥

一

脚絆の紐が切れたのは、ちょうど平賀源内が日本橋を渡りきったあとだった。

本来ならば伊豆の視察だけでよかったのに、悪い癖がでた。ほかの地域でも芒硝が湧き出る温泉地があると、在郷の本草学者たちから聞かされたら、じっとなどしていられない。

当初の予定にはなかった他藩にまで足を延ばしていたら、すっかり長旅になってしまった。ふたたび伊豆へ赴かねばならないが、その前に芒硝の件を、勘定奉行一色安芸守へ報告せねばならない。加えて、東都薬品会の準備もあり、急遽江戸へ戻ってきたのだ。

来年の閏四月に、湯島で「東都薬品会」を開く予定である。いまは全国から出展物を集めているところだ。すでに五回目の開催。源内は三回目から主宰する立場である。

「ああ平賀先生、おかえりなさいまし」

声をかけてきたのは、芝河岸に店を構える廻船問屋の手代である。ここは薬品会の出展物をとり置く取次所となっていた。

「先生、ずいぶんと日の本中から荷が届いておりますよ」

そろそろ源内が入府すると知らせをうけて、通りかかるのを待ちかまえていたらしい。

「蔵はもう一杯でございます。なんでしょうか、奇妙な毛皮やら石が、山ほど届いておりますよ」

「あとで取りにくるから、しばらく待っていておくれ」

「いつまででございますか」

「芍薬の花が咲くころまで頼む」

勘弁してくださいな、と手代が叫ぶ。源内は笑いながら先を急いだ。

薬品会のために、在郷の学者や好事家へ案内状を届けていた。出展物は薬品に限らず、目新しい内外珍奇の産物を求めている。高松藩から離れて扶持なしの平賀源内が、この先本草学者としての地位を確固たるものにできるかどうかの大博打だ。

伊豆の芒硝も目玉になりそうな具合で幸先がよい。一時ではあるが、勘定奉行より、「伊豆芒硝御用」の辞令を受けている。幕府お雇いという肩書があるうちに、できうる限りのことをせねばならなかった。

だがさすがに疲れがたまっている。どこかで足を濯ぎたい。このあたりなら馴染みの菊之丞の許へ行けばよいかと思ったが、はたと足を止めた。本町の薬種問屋常盤屋の店の前に、見覚えのあるふたりの男が立っている。

深川の料理茶屋で、一色と芒硝の視察の件で談合したことがあった。その直後に、一色に面会をもとめていた、米坂藩留守居役の家人たちである。

（ほお、米坂藩とはなにかと縁があるようだ）

ふたりが留守居添役のような表の役目でないのは、目つきの胡乱さから想像ができた。暗い剣気が漂っている。

だが、店先まで出ている常盤屋の主人藤次郎は、侍相手に頭を下げることもなく、強い口調でふたりに物申していた。人だかりの中で何を話しているかわからないが、背の低いほうが、険しい表情でひとことふたこと応えると、そろって踵を返し人ごみに紛れていった。

主人はしばらく侍たちを見送っていたが、やがて暖簾をくぐり店に戻っていく。常盤屋と源内は、なにかと反目しあう間柄である。常盤屋が扱う広東人参に関して、その薬効の善し悪しを声高に吹聴する源内を、藤次郎はこころよく思っていないのだ。

常盤屋とふたりの侍、いや、米坂藩留守居役との間に、どのような関りがあるのか。

源内は、疲れがたまった足を引きずりながら、侍ふたりをつけていった。本町から大伝馬町を抜け、まっすぐ両国広小路へ出ると、迷うことなく両国橋を渡っていく。源内もつかず離れず歩を進めるが、上背のある侍が、警戒してなんども振り返るから近づくことができない。やがて両国橋を渡り、向両国の見世物小屋がひしめくあたりへ入っていった。

両国広小路といえば橋の西側に広がる広小路のことを言い、向両国は橋の東側の呼び名である。源内はどちらかといえば、上品を気取る西の見世物小屋よりも、奇抜で一発当てようと粋がる見世物小屋がひしめく向両国のほうが気質に合っていた。男客ばかりが昼日中から冷やかしながら歩いている。

背の低い侍は、そのまま堀に沿って武家屋敷が続く竪川に向かっていったが、上背のある男は見世物小屋の間を進んでいった。すれ違う女たちから「いい男だねえ」と冷やかしの声があがるが、足を緩めることなく進んでいく。

一軒の小屋の入り口の前で立ち止まり、葦簀を押して奥に声をかけている。顔を出したのは、黒縮緬の着物を身にまとった若い男だった。小屋に幟は立っていないが、矢場のようである。明るいうちは客引きをしていないらしい。ただ、小屋から男女の笑い声が聞こえていた。

「お兄さん、ちょいと寄ってきなよ」

〈水芸〉と幟がたつ小屋の客引きに声をかけられたとき、ふいに侍がこちらに目を向けた。源内はとっさに顔を伏せ、客引きにつられたふりをして小屋に入った。すぐにそこから表の様子を見たが、すでに侍の姿は消えていた。

なぜか源内の背は汗でぐっしょりと濡れている。

(これ以上は関わらん方が身のためだ)

息をついて源内は小屋を出た。両国橋を渡り西広小路へ戻ったときには、薬品会と芒硝のことを考えており、侍や常盤屋のことなど頭の片隅に追いやってしまった。

二

風の音が、とがりを増した。耳の奥を突きさすような、冬の訪れを告げる風だ。だが、信州の山肌を引っかくような荒々しいものではない。

町を吹き抜ける風の音は、季節によって重さが違う。夏のはじまりのころは、湿り気を帯びた重たい風。夏の終わりは、潮の香りをふくんだ甘い風。師走が近づいた今は、砂混じりの乾いた風である。今朝は、風の音に加えて雀のさえずりが随分と間近に聞こえていた。こんなに寒くなってきたのに、雀たちはどこで夜を越しているのだろうか。

鳥たちが、雪の上に顔を出す背の高い草木の実や、冬越しをする虫などわずかな餌を奪い合うように群れる様子を「雪鳥」というが、信州でも、雪の上でたわむれるそれらをよく目にしていた。

窓から差しこむ朝日がまぶたに当たり、文二郎はようやく目を開けた。階下から奈緒が煮炊きする音が聞こえてくる。そして鼻をむず痒くさせるかすかな炭の臭いも。

（今朝は魚を焦がしたようだ）

あれは真面目だが、ややせっかちなところがある嫁だ。一見すると背筋が伸びた躾のよい武家の女だが、あれもこれもと立ち回り、うっかり七輪で魚を焼いているのを忘れたのだろう。死んだ宗十郎ものんびりした風貌のわりに、じっとしていられない男だった。はたから見ても目のやり場にこまるほど、仲の良い夫婦だった。だから互いによく似ていったのかもしれない。

　耳を澄ますと、奈緒がおのれの不始末を嘆く声が聞こえてきた。

　近ごろ、魚の振り売りが立ち寄るようになり、朝からめざしが出るようになった。贅沢はできないと口酸っぱく言っていた奈緒が、どういう風の吹きまわしか。あいかわらず晩酌は一日おきだから、暮らしの掛りが切迫しているのは変わりないようである。

　安くわけてもらっていると、言い訳がましく言っていた。声の調子から、なにか隠し事をしているのはわかっている。

　文二郎は衣桁にかけた着物に着替え、枕元に支度されている盥の水で顔を洗った。真っ白な視界の中に、ぼんやりと影が映る。物の形がかろうじてわかる程度だが、ひとりで動くには十分頼りになった。

　壁に手をあて階下へ降りると、生薬の匂いが鼻をつく。桂枝、生姜、大棗、甘草、貝母などが脳裡に浮かんだ。薬の配合がつぎつぎに浮かんでは消えていく。

　病を見つけ薬を合わせることは、雪の下にかくれた花を見つける作業に似ている。いずれ雪を割って現れる雪割草のように、自らの力で芽を出すことが困難な病人に、ほんの少し人が手をかけて氷や雪を割り、小さな芽を地表に出してやる。医者は、一面雪に覆われた野のどこに花があるか探すように、人の体にある病巣を見つけねばならない。

　教場でそう例えると、若い医者はよく首を傾げていたものだ。

(医学寮の若い衆は、しっかりと学んでいるだろうか)

長浜家は代々藩主に近侍する侍医を務める家系である。米坂藩には、医術を学ぶ医学寮が備わっていた。そこは士席医師だけではなく、身分の低い軽輩医師も学ぶことができた。

文二郎は、二年前の秋に侍医の座を退いて宗十郎に家督を譲ってからは、そこの塾頭として、月に一度医学を後進に伝える役割を担っていたのである。

医学寮を任された文二郎は、正しい医学の知識を弟子たちに叩きこんだ。十二経脈、五臓六腑、生理、陰陽、五行、気血など、学ぶことは山ほどあるが、とくに唐医書の『素問』『霊枢』を読みこみ、『傷寒論』と『金匱要略』によって、実証的な傷寒や雑病の処置を学ぶよう指南した。文二郎自身も日夜知識を蓄え、身をもって教えてきたつもりだった。だが、江戸へ出奔するにいたり、志半ばで医学寮を放り出すことになってしまった。

「今朝は早うございますね」

すこし慌てた声で、奈緒が朝餉の支度をはじめた。竈の前であたふたする嫁の姿が目の奥に浮かぶ。うむ、とうなずき、すすっと足を運んで百味箪笥の前に腰を下ろした。足裏に、ざらついた砂粒のようなものを感じる。

昨夜遅くまで、奈緒が胃薬の「里ういん丸」を作っていたのだろう。文二郎と奈緒の暮らしの糧は、主にこの売り薬である。これが深川界隈では評判でよく売れた。近ごろは、旗本や大店がまとめて買い求めていくようになり、日を置かず薬作りに精を出している。

病人が担ぎ込まれて薬をやることもあるが、それはほとんど稼ぎにならなかった。客の大半は、医者にかかることのできない貧しい町人たちで、薬代すらまともに払えないのだ。奈緒はその場で支払ってほしいと口酸っぱく言う。文二郎が、武家ともあろうものが浅ましく金をせびるのもどうかと渋るうちに、文二郎と奈緒が営む薬屋では、旨いものを差し出せば、支払いを催促されないと、おかしな噂がたってしまった。

おしまあたりが、あちらこちらで吹聴したのだろう。

奈緒が膳を運んでくるまでのあいだに、一服煙草をふかしていると、隣の金助がやってきた。とくに用もないのに、一日一回は顔を出すのが、金助の習慣になっている。

「文先生、今日こそは敵を討たせてもらうよ」

一瞬奈緒の息が止まる気配がした。古着屋の金助が言うのは、将棋の話である。きのう文二郎が勝ち逃げしたのを根に持っているようだ。

「それから、こいつは奈緒さんに」

金助の声に浮ついた響きを感じる。おいしそうなぬか漬けだと奈緒が礼を言った。

「すまねえなあ、こんなもんしかなくて。うちの跳ねっかえりがおさんどんしてくれりゃあいいんだが」

金助の十六歳の娘おちかはそうとうなおきゃんで、家にじっとしていない。文二郎と奈緒が深川堀川町に住みはじめてもうすぐ一年が経つが、おちかと行き合うことはめったになかった。たまに隣から聞こえてくるのは、親子喧嘩ばかりで、かなりたちの悪い連中と遊び歩いているらしい。

金助はひとしきり娘の愚痴を吐くと、しまいにはかならず「やっぱり母親がいなくて寂しいんだろうな」と意味ありげな湿り気を言葉に乗せていく。

ずいぶん奈緒に執心しているようだが、嫁は金助の下心に全く気づいていないようだ。

ふたりで朝餉を取っていると、こんどは向かいの鰹節屋の小僧がやってきた。店の隠居の女房が長く寝付いており、背に褥瘡ができてしまった。薬が切れると、小僧が膏薬を求めにくるのだ。

奈緒が薬を用意している間、文二郎はゆっくり味噌汁をすすった。あいかわらず塩気が弱い。もどってきた奈緒に味がぼやけていると言うと、「申し訳ありませんねえ」と、ささくれだった言葉が返ってきた。

おそらく奈緒のせいではない。文二郎の舌が変化しているのだ。年を重ねれば体の中の水や血の流れは変化していく。陰は体の中から力を生み出し、ため込み、必要に応じて放出する。陽はその力を使って活動し熱を生ずる。

陰と陽の均衡が正しければ健やかに暮らすことができるが、年を追うごとにそれは崩れていくものだ。

ただおかしなもので、文二郎は目の光を失ったことで、耳と鼻が前よりも利くようになった。人の体は奇妙で神聖なものであると身をもって感じている。奈緒が仏頂面で汁をすする様子や、隣の古着屋の戸口で、金助が娘の帰宅を待ちわびる足音が、まぶたの裏に、絵巻のように浮かんでは消えていく。

「お父上さま、あとでやえ屋に顔を出してまいります。八重さんの足も気になりますし」

奈緒が家の片づけを終えて出かけていくと、文二郎はとたんに暇になる。

横になって腹ごなしをしてから、文二郎は杖をついて家を出た。春までは、奈緒と頻繁に町に繰り出し人探しをしたが、梅雨のころから文二郎の足の具合が悪くなり、長く歩くことができなくなってしまった。

とはいえ、体が弱っているからと寝てばかりもいられない。用心のため町内を往来するばかりだが、これで結構汗をかく。

しばらくすると、近所の子どもらが「ぶんせんせい、ぶんせんせい」と集まってきた。歩くのを手伝ってくれるが、足元にまとわりついて邪魔だと叱ると、嬉しそうに駆けだしていく。町人の子は、武家の子と違い大人を怖がらない。深川の気質なのかもしれないが、文二郎や奈緒にとっては新鮮な驚きだった。

小路を何往復かして薬屋の前の縁台に腰をおろすと、日はすっかり中天にあり、風の冷たさのわりに汗が首筋を流れていった。

三

今朝も早くから、奈緒が日本橋の薬種問屋へ生薬の買いつけに出かけていった。常盤屋へはあまり顔を出さないよう言いつけたので、別の店に通っているが、値が常盤屋に比べて高いらしく、やりくりに苦労しているようだった。あまり遅くなるなと声をかけると、お父上さまこそ、あまり独り歩きをなされませんようにと言い返された。

米坂にいたころの奈緒は、文二郎に小言を言うなど考えられないほど無口な嫁だった。宗十郎が死んでから、自分と奈緒の関係もずいぶん変わった。はじめのころは互いに遠慮がみえたが、江戸に下り深川の住人たちの騒動に巻きこまれるうちに、わだかまりはほんの少しだが小さくなった。

心地よい気もするし、気恥ずかしいとも思う。嫁と舅（しゅうと）というのは、一筋縄ではいかぬ関係なのだ。

文二郎はいつものように、ざわつく小路から表通りへ出て、堀沿いに歩いていった。足元をなにかが通り過ぎた。チチと雀の鳴き声がきこえ、それは徐々に増えていく。近くに搗米屋（つきごめや）がある。店先に落ちている米をついばむ鳥が群れているのだろう。この時期の生き物は、少ない餌を奪い合い次の春まで命を長らえようとする。

こちらへ向かってくる誰（だれ）かの足音が、雀たちを蹴散（けち）らした。文二郎は足を止め、耳を澄ます。

おちかと長吉(ちょうきち)だった。

「恥ずかしいから、ああいうことはもうやめてちょうだい」

「あんな破落戸(ごろつき)と一緒にいちゃいけねえよ。親父(おやじ)さんも心配しているじゃないか」

「おとっつあんは、あたいのことなんかもう見限っているよ」

文二郎の横を通り過ぎるおちかが、一瞬こちらに気を向けたようだが、ふたりは歩きながら言い合いを続けていた。

大川の河岸に沿ってかかる下之橋(しものはし)まで出て、しばらく川の流れを聞き、やがて踵(きびす)を返した。少し歩くと、前方から駆け寄ってくる足音がして、長吉が声をかけてきた。互いに、いま初めて出くわしたように手を上げる。長吉は、「散歩かい？ 先生」と、上ずった声を出した。

「声がしずんでおるようだが、いかがいたした」

なんだよ聞いていたのか、人が悪いなあと、長吉が乾いた笑い声をたてた。

「道の往来で男女が言い争いなど見苦しいぞ」

「だってよお、おちかの仲間ってのが、ちょいとたちが悪い連中でさ。連れ戻そうとたまり場へ行ったんだけど、逆にあいつを怒らせちまって」

おせっかいは勘弁だ、二度と顔を見せるなとえらい剣幕で怒鳴られたらしい。

「こっちは良かれと思って世話やいてやっているのに、なんであんなわからずやになっちまったんだろう」

昔のおちかは、長吉の後ろに隠れるようなおとなしい娘だったという。だが、二年前、母親が病没してから、金助の言うことを聞かなくなり、矢場や見世物小屋に通うようになった。

「おちかに惚れておるのか」

「そんなんじゃねえよ。妹みてえなもんさ。死んだおばさんからも、おちかを頼むって言われたし」

「おちかの母御は長く患っておったのか」

金助から切れ切れに聞いた話では、おちかの母は三年ほど寝たり起きたりを繰り返したが、おちかが十四のときに息を引き取っている。

「親父さんもおちかも、食うもの削って朝から晩まで働いていたよ」

だが医者は高い薬代だけ請求し、あとは治ることはないと見限ったのだった。

その直後、おちかの母親は危篤に陥った。

「ずいぶん夜の深いころだったんだ。おちかは医者に駆けこんだけど、朝に出直して来いって家のもんに追い返されたらしい。結局、おばさんは朝を待たずに死んじまった」

長吉が、薬屋を探し歩く患者や客をまめに連れてくるのは、おちかの嘆きを間近で見ていたからなのだろう。

女の気の強さを直す薬はないものかとぼやく長吉に先導されて薬屋の前に戻ると、長吉が「おちか？」と声をあげた。

「なんでおめえ、文先生の店に？　どっか悪いのかい」

出てきたのは薬屋の戸口からで、おちかが息をのんでいる。

「あ、ああ」とぼんやり答えたおちかは、ちょっと腹の調子が悪いんだと口ごもった。

「奈緒が戻ってこねば薬が立てられぬ。しばし中で待つがいい」

「いいよ。そんなにひどいわけじゃないし」

「できれば茶を入れてもらいたい。喉が渇いてしもうてのう。このとおり目が使えず都合がわるい」

「それならおいらが入れてやるよ」

「長吉は木戸番に戻れ。日の高いうちに体を休めねば、夜回りができぬであろう」

木戸番の主な仕事は、夜に木戸を開け閉めしたり、火の用心で町を練り歩くことだ。長吉は、おちかに二、三の小言を残して帰っていった。

店に入ると、おちかは慣れない様子で薬缶を長火鉢に載せている。文二郎が煙管を手に取ると、するりと煙草盆を寄せてきた。蓮っ葉な娘だが、相手の動きに気を配る細やかさを持っている。

「おまえさん、あまりよくない連中と遊び歩いているそうだのう。長吉と金助がいつも心配しておるぞ」

「よけいなお世話だよ。あたしは楽しくて一緒にいるんだ」

しばらくおちかは居心地が悪そうに立ったり座ったりをくりかえしていたが、やがて文二郎の向かいに座ると動かなくなった。

ふと、母親のことをたずねようとしたとき、ぎしぎしと腰高障子が開いて「先生、先生」と甲高い声がした。櫓下の芸者、捨て丸だ。

捨て丸は、四月の惚れ薬の一件以来、三味線や唄の稽古を続けている。たまに怠け心が出ると薬屋にやってきて、文二郎から説教を受けて気合を入れ直して帰っていくのだ。

「おや、先客かい」

隣の娘だと文二郎が言うと、「あんた、先生は案外女好きだから気をつけなよ」と余計なことを言うから、おちかがすこし間を開けるようにしり込みする気配がした。

うそうそ、と笑いながら、捨て丸が上がり框に腰を下ろした。

「少し前から、親指の付け根と、ここんとこがずっと痛いんだよ」

捨て丸は板間に上がると、すすっと文二郎に近寄り、皺のよった手を取って、自分の鎖骨のあたりにぴたりとあてた。

滑らかな肌はしっとりと吸いつくようで、年甲斐もなく口元が緩んでしまう。奈緒がいたら、「鼻の下がのびておりますよ」と嫌味を言われるところだ。

「動かすと痛いのか」

「三味線を弾いているときだけ、痛くて気になるんだよ」

捨て丸に持参した三味線を構えさせて一節弾かせると、すぐに撥を構える右手の親指が痛いと顔をしかめた。文二郎は自分の右中指を折り曲げ、「これに力を入れてみい」と告げた。

「あれ、痛みが軽くなった気がするよ！」

なんで、なんで、と捨て丸が素っ頓狂な声をあげる。

「親指は本来撥がずれるのを止める役目じゃ。支えるだけでいいのに、おまえさんは力を入れすぎておる。中の指に力を加えれば、おのずと親指の痛みは無くなるじゃろう」

基本がおろそかになっていたつけが回ってきたのだ。

「じゃあ、首の下の痛みはなんなの？」

そばで見ていたおちかが、興味深げに文二郎にたずねた。

「捨て丸、小指と肘にも痛みがあろう？」

「なんでわかったんだい」

たしかに痛みはあるが、それは踊りの稽古のせいだと捨て丸は思っていたらしい。

「首の付け根より下には、肺なる呼吸をつかさどる臓がある。小指から肘、肺は全てが道となり連なっておるのじゃ」

「じゃあこんどは、小指に力入れりゃあいいのかい？」

「逆じゃ。音を奏でるときに、息を止める癖があるようじゃから、撥を打つときしっかと息を吐き、呼吸を深くとりなされ」

そうすれば体が緩み、小指に無駄な力が加わらず、鎖骨や肘の痛みも減るだろう。日ごろ三味線を扱い、文二郎自身がおのれの体で知った発見である。

「しっかと師匠に教えを請い、癖をつけず精進すればよい」

「薬はいらないのかい？」

「必要なかろう」

「じゃあ薬代はいらないってことだよね」

「そういうことになるのう」

　奈緒がいたら、治療代を頂きますと言い出しかねない。捨て丸もそれを察したのか、礼を言うと、長居はせずそそくさと退散していった。

「先生は医者なのに、薬をやらないのかい？」

　医者が薬を処方しないことに、おちかは困惑したらしい。

「膏薬をやってもよかったが、捨て丸は今宵も座敷に出る。美しさを売る芸者が、体に無粋な薬の臭いを纏わせるわけにはいかぬだろう」

「じゃあ、また痛くなるじゃない」

「そうしたら、また来るじゃろう」

「それでまた説教だけして帰すの？」

　年よりが若い娘に苦言を呈していたように聞こえたのだろう。

　おちかはしばらく無言のまま静かに座っていたが、思い立ったように土間に下りた。腹の具合はどうなのだとたずねると、もういいと短くいって戸に手をかける。

「おい、文先生、ちょいと聞いとくれよ」

再び表から戸が開いた。

「なんじゃや、辰之助か」

伊勢崎町の裏店でやもめ暮らしをする五十がらみの船頭で、酒毒に侵された男である。長いこと手足の震えが止まらず、雇い主の船宿から暇を取らされていた。文二郎たちが深川で薬屋をひらいて間もなく、酒毒を治したいと通ってくるようになり、近ごろでは酒の量も減って船の仕事も再開させたという。

「うちの娘がよお、こんど嫁ぎ先と縁を切って戻ってくるっていうんでえ」

ずかずかと土間を歩く音がして、辰之助がどかりと框に座りこんだ。

「嬢ちゃんどう思うよ。ちいせえガキをつれてひとりでやっていくなんて言いやがってよお。亭主が余所に女つくったくれえで何だってんだ。男の甲斐性じゃねえか」

辰之助はいつも奈緒に話しかける調子で、立ちつくすおちかに口汚く話しかけた。若い娘にむかって、女房以外の女に惹かれる男の本能を解せというのは、無理がある。

「辰之助、おぬしもそろそろ仕事であろう。怠けてばかりおると、また暇を取らされるぞ」

「そりゃあ勘弁だ。じゃあまた顔出すよ」

「次は薬を買いにくるときに参れ」

へへと笑って、辰之助は帰っていった。その間、おちかは土間のすみにしゃがんでいたようである。立ち上がる気配がした。

「いまのおじさん、なにしに来たんだい？」

「酒が呑みたくなると、ここにきてひとしきり腹の中の鬱憤を吐き出していくのだ」

辰之助の酒毒のきっかけは、十年前に女房に先立たれ、まもなく娘が嫁いでいった寂しさを紛らわせるためだった。人と話すことが苦手な職人気質の船頭だから、近所や船宿の仲間に弱音を吐けない。話し相手のように酒をあおり、空になった湯飲みに言葉を吐き出す。その繰り返しが、辰之助の体を徐々にむしばんでしまったのだ。

「もし酒が呑みたくなったら、ここで気を紛らわせればよいと勧めたのだ」

「薬屋としては銭が入らないんじゃないの？」

「だからよく奈緒に説教をされる。明日の米がございません、とな」

「貧しい医者なんて聞いたことがないよ」

おちかにとって、医者は上等な着物を身にまとい、高い薬を売りつけて、死ぬとわかっている病人を見捨てる人でなしに他ならないのだろう。

おそらく、おちかの母を診た医者は、治る見込みのない病人に薬を与え続け、亡くなったあとで自分の評判が落ちるのをいやがったのだろう。

病は天が治してくれる。そうなるように医者は見極め、治る見込みがあれば薬をやるのだ。治らないとわかって手を出す医者はいない。それが町医者の現状だ。

文二郎だって、どうあがいても手の打ちようがない病人だとわかれば、その場しのぎの手当てしかできない。薬で治るなど、口が裂けても言ってはならない。

有能な医者ほど、医者は万能ではないと知っている。

おちかは、文二郎の考えに口を挟むことはなかったが、浅い息を吐きながら草履の裏を擦って怒りを文二郎に向けている。

「それでも、やっぱり医者は口が上手いだけの山師にちがいないよ。おとっつあんは、おっかさんを見捨てた医者に、礼までして、そのあと酒まで届けて、バカみたいだ」

おちかはもっと違う医者に診せようと金助に懇願したという。だが、金助はこれ以上薬代を工面することはできないと、母の治療をあきらめたのだ。

「あたしはおとっつあんも医者も許すことはできないんだ。きっとあんただって、金持ちの患者がきたら、もっと高い薬を売りつけるんだろ？　さっきの芸者やおじさんは、金払いが悪いってわかっているから、薬をださなかっただけじゃないか」

泣きそうな声を絞り出し、おちかは荒々しく戸を開けて飛び出していった。

四

ちょうどおちかくらいの歳のころに、奈緒は長浜家に嫁いできた。江戸定府の馬廻り組濱田幸太郎の妹で、器量も気立てもよいと人伝には聞いていた。すでにふた親を亡くしており、幸太郎自身も病弱で、妹の行く末を案じていたようである。

ちょうど江戸に学問を修めるため出府していた宗十郎と知り合い、その実直な人柄を気に入って、わざわざ米坂まで釣り書きを寄こしたほどだった。

奈緒が米坂に嫁いで一年もしないうちに、幸太郎が病死したと知らせが入った。奈緒は取り乱すことなく、江戸へ香奠を送ったが、本心ではすぐにでも江戸へ戻りたかっただろう。

その後、なかなか子はできなかったが、三年前、奈緒が宗十郎の子を懐妊した。文二郎待望の初孫である。

奈緒がようやくできた子を難産の末に死産したときは、長浜家はなんと不運に見舞われているのかと文二郎は失望した。生まれる孫のために支度した護り刀を、布にくるまれたちいさな亡骸に添えた。奈緒は赤子のそばで泣くこともできず放心していた。

そんな奈緒に対して、文二郎は言ってしまったのだ。

——気にするでない。また次がある。

その言葉が、どれほど奈緒を傷つけたのか。奈緒の命がけの十月十日を否定してしまったのだ。

それから半年以上たち、宗十郎が米坂を離れ出府することになった。三月ほどではあるが、奈緒のことをくれぐれも頼むと託されたものの、心を閉ざした彼女とどう接したらよいのかわからず、無為に時だけが過ぎていった。

同じころ、屋敷を退いていたおかつの体がかなり悪くなり、一度診てもらいたいと息子が訪ねてきた。世話になった女ゆえ見舞わねばならないと口実をつけては、二里先の桑井集落まで出かけていった。

おかつの家族は、文二郎のことを奇特な方だと感謝してくれたが、ただ嫁と向き合うことができないだけの弱い人間だったのだ。

そしてある出来事が、その後の長浜家の命運を定めることになってしまった。

おかつの孫娘の志乃が、桑井集落の山に迷い行方知れずになる騒動があった。祖母に雪割草をみせてやりたいと、雪山に足を踏み入れてしまったのだ。

文二郎が薬を届けに村へ行くと、男衆や娘の母親が山に入る支度をしていた。文二郎も捜索に加わることになったのだが、まもなく娘は蛇抜路のすぐそばで無事に発見された。

気を失った娘を筵にくるみ、山を下りようとしたとき、目をあけた娘が湯の湧き出る岩場を指さし呟いたのだ。

——芒が生えとった。

寒さでおかしくなったのかと思った。そして娘の指さす方に目をやったとき、文二郎は信じられない光景を見たのである。

(芒硝ではないか!)

薬を扱う者にとって、それは奇跡の鉱物だった。

（だが、この場所は……）

文二郎が懸念したのは、湯の湧き出る温泉が、ちょうど隣藩との境目にあり、芒硝は両藩にまたがり広がっていることだった。

はたして芒硝はどちらの所有となるのか。

藩主酒井親義の判断を仰ぐまで、この場所を秘匿せねばならない。もしも隣藩が噂を聞きつけでもしたら厄介だ。

芒硝に関しては、藩主みずから幕府に根回しが必要な案件となり、文二郎は固く口を閉ざすよう、親義に命じられた。親義も、金にも勝る価値ある生薬は扱い次第で毒になるとわかっていたのだ。

そして、その年の四月。長浜家で悲劇が起こった。

文二郎が異変に気づいたのは、戌の刻（午後八時ごろ）を過ぎたころだった。その少し前に、屋敷に旅僧が訪れ道をたずねていた。奈緒が手燭をかかげて屋敷を出て行くのを、厠へ向かうときに文二郎は目にしていた。

（おなごがひとりで出かけるなど物騒な）

常ならば下男の市太が離れの奉公人部屋に住まわっているが、親が病に臥して見舞いのため在所に戻っており不在だった。お国入りした親義に伴い戻ってきた宗十郎も、先日から風邪をこじらせて床に臥せっている。

文二郎は提灯を手に、屋敷を出て奈緒を追った。あれが文二郎の迎えをうれしく思うわけはないだろうが、長浜家の嫁がかどわかされでもしたら体裁が悪い。門を出て、坂を下れば武家町をぬけ商人町である。はて、どちらへ向かったか。

半刻ほど町屋の大通りをめぐったが、奈緒は見つからなかった。文二郎は生ぬるい夜風を受けながら屋敷に戻った。すると長浜家のくぐり戸が風にゆれていた。

戻ってきた奈緒が、戸締りを忘れたのだろう。物騒な、とぼやきながら内玄関へ向かい、土間で提灯の灯りを手燭にうつした。框に上がったとき、足の裏に砂の粒を感じた。見ればところどころに土らしきものが落ちている。

野良猫でも上がりこんだのか。そう考えたが、同時に妙な胸騒ぎも感じていた。

母屋で人の話し声がする。

「奈緒、戻っておるのか」

廊下の奥へ声をかける。返事はなく、代わりに低いうめき声が聞こえた。文二郎はそっと離れの自室に戻り、太刀を手に部屋を出た。

かすかに灯りが漏れるのは、宗十郎の部屋である。足音を忍ばせ障子戸を開けた。

部屋に敷かれた夜具の脇で、宗十郎がうつぶして倒れていた。口から血が流れ、畳を赤黒く染めている。

丸行灯のか細い灯りが、ふたりの男の影を襖に映していた。

「なにものだ！」

とっさに鯉口を切ろうとするも、相手の動きは俊敏で、文二郎は手刀を食らい太刀をうばわれると、あっという間に廊下の壁際に追いこまれ、足をすべらせ倒れてしまった。素顔をさらしたまま押し込みをする夜盗がいるだろうか。

ふたりのうち、背の高い男が、文二郎のそばに片膝をついた。

「例のものは、どこにある」

文二郎は察した。このふたりは芒硝の所在を探しに押し入ったのだ。この先使い方次第で莫大な富を得ることができる鉱物だ。

「素直に吐けば息子のように死なせはせぬ」

「なんのことか、わからぬ……」

芒硝に関しては、藩主がいまだにその所在を認めていない。それに、あの場所は……。

ふたりの交わす会話には米坂の国訛りがあるが、口調はせっかちで定府衆独特のものだと、文二郎は気が付いた。

もうひとりの小柄な男が「生ぬるい」と唾を吐きすてた。小男は太刀の切っ先を文二郎の鼻先に突き付けた。

「ち、父上……」

宗十郎が声を絞り出し、かすかに体を持ち上げた。

「動くでない。傷がひろがる！」

文二郎の叫びは、息子の耳に届かなかった。激しく体を痙攣させるのが、小男の背後に見えた。

これは夢だろうか。そうであってほしい。だれか、わしを起こしてくれ。

これまで多くの死を目にしてきた。だが、文二郎はそれらを俯瞰して眺めていたのかもしれない。宗十郎の命の火が消えていくのを目のあたりにして、おろかな父は何もできず震えている。

ふと、脳裡に奈緒の白い顔が浮かんだ。もうこの世にはいないのかもしれない。これほど凶悪な男たちである。女を逃がすわけがない。

文二郎は、震える手をそっと這わせ、廊下の隅に置かれた盛り塩を掴み、男たちの顔に投げつけた。すきをついて駆け出した文二郎は、離れの自室に戻ると、刀掛けの脇差を手に取り鞘から引き抜いた。暗い屋敷内を駆けまわり、文二郎を探す男たちの声が聞こえてきた。

命を救う医者である前に、おのれは武士である。あのような者たちに脅され命乞いをすることだけは避けねばならない。

家を守り切れなかった父を許してくれと、宗十郎と奈緒に心から詫びた。腹を切っては死に切れぬ。刃を首筋にあてたとき、男の足音が聞こえた。

どれほど時がたったのか。

目を覚ましたとき、文二郎は畳に倒れていた。奈緒が泣きながら文二郎の体をゆすっている。

（生きておった。よう無事で……）

なにも言葉が出なかった。文二郎の首には誰が巻いたのか晒が巻かれている。すでに男たちは姿を消しており、奈緒が屋敷に戻ってきたとき、屋敷中の灯りは消され人の気配はなかったという。

奈緒が母屋で見たのは、脇差を握り、自らの腹に刃を食いこませた夫の姿だった。宗十郎は、すでに息絶えていた。

それから文二郎は幾日も高熱にうなされた。五日目にようやく熱がさがったとき、目の前は靄がかかったように膜が張っていた。文二郎は、元から抱えていた眼病に加え、高熱により視力の大半を失っていたのである。

やがて大目付配下の目付が事の次第の探索をはじめたが、文二郎のもとへたずねてきたのは、宗十郎の死から十日以上も過ぎたころだった。文二郎は、襲ってきたのは江戸者だと訴えた。

数日後、文二郎に告げられたのは、信じがたいことだった。

宗十郎は、江戸に勤めていたときに、朝鮮人参を横領していた。そのことが発覚するのを恐れ、自ら罪を悔いて始末をつけたのだ、と。

「宗十郎の体に残された刀傷はどうだったのか。明らかに人に斬られたものであったはずだ！」

幾度も大目付や町奉行へ訴えた。だが、文二郎の証言は、息子の死を目にした直後で混乱していたのだろう、思い違いであると結論付けられたのである。

大目付に何者かの力が働いている。その巨大な力に、文二郎は抗うことはできなかった。

宗十郎の四十九日が終わったころ、奈緒が文二郎に胸の内を吐露した。

「宗十郎さまの仇をうつため、江戸に参りたいと思います」

奈緒はこれまでおのれの感情を強く表に出すことのない嫁だった。それだけ宗十郎の死は、奈緒にとって耐えがたい出来事だったのだ。同じ苦しみにある文二郎でさえ、憔悴し生きる力を失っていたというのに、この女のどこにそんな気力が残っているのだろう。

同時に、奈緒の手を汚させるわけにはいかないと思った。最後の始末は、文二郎が自らするべきである。

そして、宗十郎の代わりに、奈緒を守っていかねばならない。

「わしも江戸へ行こう」

これまで奈緒のことを避けて暮らしてきたが、目が見えなくなったおかげで、彼女の心の声が手に取るようにわかるようになっていた。実は穏やかさの中に強さを兼ね備えた嫁だったのだ。

一年前、藩に届けを出さず共に米坂藩を捨てて江戸へ下った。ちょうど、信州に初雪が降った日で、山道はうっすらと白く雪が積もっていたが、文二郎には雪の粒ひとかけらも見えなかった。

ただ、前方を行く奈緒の背中が、頼もしい影となって映っていた。

五

もうすぐ師走だというのに、江戸ではまだ雪は降らない。今年はずいぶんとあったかいねえと魚屋が奈緒と話していたから、いつもなら雪がちらついていてもおかしくない時期のようだ。

文二郎が早めに起きて下へ降りていくと、慌てたように魚屋が帰っていった。やはりあの棒手振りは、奈緒の隠し事に一役買っているようである。耳を澄ませていると、奈緒が袂に文を押しこむ音が聞こえた。

(もしや、好いた男でもできたか)

義父として一抹の寂しさを覚えるが、奈緒が敵への恨みを断ち切り、あらたな人生を歩むためにはよいことなのかもしれない。

奈緒がやえ屋へ出かけると、文二郎も杖を片手に掘割の道を歩いていった。

じっとりと背に汗をかきはじめたころ、文二郎の足幅と同じ速さでついてくる草履の音を聞いた。立ち止まると、背後の人物も足を止める。

「なに用か」

振り返ると、はっと息をのむ気配から、おちかだとわかった。化粧を施しているのだろう。かすかに白粉の匂いがした。

「文先生……」

声が上ずっていた。手を差し伸べると、おちかが文二郎の手を取り、ぐっと握り返してくる。冷たい手だった。

「どうしよう、文先生。あたし、縛り首になってしまうかもしれない」

「なにがあった。詳しく話せ」

「あたしの仲間が、文先生の店に盗みに入るんだ」

回向院ちかくの向両国に、おちかの遊び仲間が集う矢場がある。おちかは一年ほど前から、矢場の手伝いをして小遣いを稼ぎ、浅草や山谷まで繰りだし遊び歩いていた。

頭を務めるのは、「安宅の久助」という二十代半ばの男である。

久助は商家の生まれで、物腰も口調も柔らかい。父親とうまくいっていないと相談すると、ここにいれば世話をしてやると受け入れてくれた。おちかは兄のように思い慕っていたという。

だがこの男、金次第でかどわかしや盗みを生業とする悪党だった。それを知ったのは、どっぷりと呑み代の付けがたまったあとだった。初めは軽い気持ちで働いていた矢場の仕事も、借金の返済のためになっていた。

「久助たちは、先生の店に押し入るために、あたしに店の中の間取りや、奈緒さんや先生が出かける時を調べてほしかったんだよ」

先日、おどおどと薬屋を訪ねてきたのは、盗みの下調べのためだった。おちかは小さく息を漏らし、さらに、恐ろしいことを聞いてしまったと声を震わせた。

「家に誰かがいたら、痛めつけてもかまわないって……」

　それを知ったおちかは、こわくなって文二郎に知らせに飛んできたのだ。薬屋に直接駆けこめば、どこかで久助たちが見はっているかもしれない。文二郎が散歩に出る時を待ちかまえて、声をかける機を窺っていたのだった。

「ということは、いままさに久助が店に忍びこんでいるかもしれぬのか」

「手下をひとり従えているはずだよ。ふたりとも匕首を持っている」

　安易に戻れば身の危険にさらされる。だが、番屋へ駆けこめば、おちかが手を貸していたことが知られてしまう。おちかがお縄になったら、金助がどれほど悲しむことか。

「しかし、なぜ久助はうちなんぞに忍びこもうと思ったのだ？」

「売れば金になる薬があるって、人から教えてもらったんだ」

「誰にじゃ」

　それはわからない、とおちかは首を振った。ただ、仲間の女の話では、見目のよい浪人風情の男が、久助に金を渡していたという。

　江戸には薬屋など数限りなくあるというのに、深川の片隅で細々と商いをする文二郎たちの店に狙いを定めるなど妙である。おちかの家が、薬屋の隣だったことから、盗みに入るに便がいいと思ったのだろうか。

「おちか、おまえは長吉の許へ身を隠せ。事情を話し、わしが戻るまで決して表に出るでない」

文二郎はおちかを去らせ、足早に店に戻った。ちょうど小路の前は人通りが少なくなる頃おいである。そっと障子戸に身を寄せて中の気配を探ると、おちかの言う通りふたりの声と物を荒らす音が聞こえた。文二郎は障子戸に手を這わせた。中から心張棒が支ってあるのだろう。冷たい風が入る戸の隙間はぴたりと合わさり、指の入る余裕がない。

（昼から押込みなど大胆な連中じゃ）

棟割長屋をぐるりとまわりこみ、裏口からそっと室内に忍びこんだ。入ってすぐ二畳ほどの板間があり、戸の奥が店になっている。

息を整え戸を一気に引くと、がたりと箱が落ちる音がした。息をのむ気配と、板間のきしむ音がし、すぐに「まずいぞ」と、焦る声が聞こえた。

「騒ぐな。わしは目が見えぬ。おまえさんらの顔はわからぬし、このとおり老いぼれゆえ取り押さえることもできぬ」

文二郎は壁に手をそわせながら店に入った。すぐにひとりが文二郎の腕をつかみ、百味簞笥に押しつける。

「おちかに聞いたのかい」

おそらくこの男が久助だろう。

「さあて、なんのことじゃ。おまえらは隣の娘と知り合いかね」

「とぼけるんじゃないよ、爺さん」

久助は、手下に表を見張るよう命じた。手下は裏口の戸を閉めたあと、土間に下りて障子戸の前に身を寄せたようである。

「おまえさんたちが狙っているのはなんじゃ。まさか腹痛の薬を盗りに来たわけではあるまい」

背にあたる百味簞笥にそっと手を這わせる。抽斗が開いている様子はなかった。

「薬の在処ってやつを白状してもらおうか。どこかに書付や覚え書きがあるんだろう」

「はて、薬とは？」

「とぼけるんじゃねえ。とてつもねえ富を生む生薬ってのを、てめえが隠しているのを知っているんだ。頭ん中にあるなら、さっさと白状しやがれ」

上にも床下にもなかったと久助がいら立ちをあらわにする。

「そんなもんがあれば、このようなさびれた店を営んでおらん」

とっさに、文二郎は久助の二の腕を内側から摑み上げ、ひねって転がすと、胸のあたりに身を預けながら肘を当てた。ちょうど肝の臓あたりに命中したらしく、久助が蹲る音がした。

「兄い！」

土間の手下が殺到してくる。黒い影が迫り文二郎の頭上に匕首がひらめいた。身をふせた文二郎は、手下の脛を杖でしたたかに叩きつけた。床のきしみで間合いをはかったが、うまく命中したようだ。

「目が見えぬ相手だからと油断するからじゃ。真剣であればおぬしらふたりとも死んでおるぞ」

立ちあがった久助の胸元に杖の先を突きつける。力では若い久助には勝てない。はったりも技のうちだ。

「誰に頼まれた！」

「何のことだい」

「ここを襲うよう命じたのは、おそらくわしの息子を殺めた凶悪な者の一味じゃ。もし顔を見ているならば、おぬしらの身も危うくなるぞ」

久助たちが戸惑い、顔を見合わせているのがわかる。

「こんな場末の薬屋を狙うなどおかしいと思わなんだか。おそらく、おまえたちに金をつかませた男は、いずれおぬしらも消すつもりだ」

「そ、そんなこと……」

あるわけがないと笑いかけた久助だが、しばし考えこんでいるようだった。いくらもらったのかと質すと、「三両」と返事が返ってきた。若者たちの浅はかさにため息が漏れる。

「……どこの誰かなんてわからねえ。うまくいったら、あとで十両って話で手を打った。名なぞ聞いちゃいねえ」

「すぐにここを立ち去り、身を隠せ」

「だったらなおさら、後には引けねえな。ブツの在処を吐きやがれ」

久助が、文二郎の首に匕首を突きつけ力を入れる。ちりッと痛みが走ったとき、店の腰高障子がガタガタときしみ、やがて勢いよく蹴倒（けたお）された。

「安宅の久助、神妙にしろ！」

家が揺れるような怒声が入り乱れる中、いつの間にか文二郎を押さえつけていた久助と手下は、乱入してきた男たちに取り押さえられていった。

「どうやら間にあったようだな」

七月のころ、母子（おやこ）のつれさり騒動のおりに捕り物に参じた、岡っ引（おかっぴ）きの親分の声である。表から「先生、大丈夫かい」と声をかけてきたのは、長吉だ。駆け寄ってきた長吉は、店の惨状に仰天し、おちかに金助を呼んでくるよう声をかけた。野次馬がちらほらと集まりはじめたが、金助は昼寝でもしているのか姿が見えないらしい。

「おちかもいるのかい」

「あいつが、先生を助けてくれって言ったんだよ」

おちかは、長吉の木戸番に駆けこんだあと、みずから自身番に出向き、事情を説明したようである。

「親分、そやつらは、うちに高価な朝鮮人参があると思って盗みに入ったようじゃ」

「そうなのか」

親分がふたりに確かめると、久助はしばらく黙っていたが、やがて小さな声で「ああ」と返事をした。

たかが生薬を盗みに入っただけで、しかもしくじったとなれば、さほどの罪にはならないはずだ。命がおしければ、仕事を依頼した男のことを口にすることもないだろう。

親分がふたりを引っ立てていったあと、おちかと金助が駆けつけた。状況がわからず困惑する金助に、おちかがおびえながら事の次第を話して聞かせた。黙って聞いていた金助が、おちかの頬をはたいた。

「おめえはなんてことしやがったんだ。盗みをはたらくような奴らの手先なんぞになりやがって!」

「で、でも、あいつらは悪いこともしていたけど、いつもあたしの話を聞いてくれた仲間だったんだ。怖いところもあるけど、根っこは気のいい奴らなんだよ」

「話だって?」

そんなもん、わしにすりゃあええだろうとぼやく金助に、おちかは力なく首を振ったようだった。

「おとっつあんは、おっかさんが死んでから、ずっと上の空だった。あたしの言うことなんて、なにも聞いてくれなかった」

母親が死んで、その悲しみを埋めてくれるはずの金助もまた、虚脱の中にあったのだろう。娘に寄り添うことができず、いつしかふたりの心は離れていった。寂しさと孤独のうちにあったおちかを助けてくれたのが、盛り場にたむろする若者たちだったのだ。

「それでも、文先生が狙われているって知っていたら、なにか手を打てただろうに。なぜわしに話してくれなかった。いや、わしが嫌なら長吉に教えてくれりゃあよかったのに」

金助にとって、文二郎は命の恩人であり、将棋仲間である。それをおちかだって知っていただろうと、強い口調で責め立てた。

「医者なんて金儲けばかり考えている悪党だから……」

「もしかして、おっかあのことでそんな風に思っていたのか」

ようやく思い至ったのか、金助は深く息をついた。

「そんなんじゃないよ、おちか。あの時の先生は、よく診てくださったよ」

「でも、しまいにはおっかあを見捨てたじゃないか」

「薬をやめたのは、あいつの願いだったんだ」

「遺されるおちかを想って、それ以上の治療をしなかったのだな」

文二郎の言葉をうけて、金助が目を伏せた。

日々の暮らしの中で、薬に割ける銭があれば、今日のおまんまにしなければ生きていけない客がほとんどだ。なかには、食うことをあきらめて、家族のために薬代を工面してくる客もいて、そんなときは奈緒が声を詰まらせて頂くのを耳にしている。

施しをするほど、文二郎たちの暮らし向きが豊かなわけではない。対価として頂くお代は、あまりに人の想いが強すぎる。

おそらく、おちかの母親は、金助に訴えたに違いない。

もう、いいよ。あたいは、もういいよ。

その言葉ほど、文二郎の胸を締め付けるものはない。

「それでも、あたしはもっとおっかさんに生きていてほしかった。おとっつあんにも、あきらめてほしくなかった」

おちかは小さな心の中に、もっと母のためにできることがあったのではないかという後悔をため込んできたのだろう。押し出されるように発せられたおちかの言葉に、金助が「そうだな」と何度もこたえていた。

だが、どうしたって人の命は限りがある。薬でほんの少しだけ生き長らえたとしても、やがて別れは訪れるのだ。

医学書を読み医術を身につけたとしても、文二郎が助けられる人の数はたかが知れていた。雪をさらって病の元を見つけたとしても、その奥にはもっと多くの苦しみが澱(よど)みとなって埋まっているのだ。

「だが、すくなくとも、おちかの母御は、おまえさんのために生きてこられたことに満足していたと思うぞ」

そんな容易(たやす)いありきたりなことしか言えない自分がもどかしい。医者であっても万能ではない。おちかのような娘を前にすると、なんと非力かと思い知らされるのだった。

「なあ、おちかもお縄になっちまうのか？」

長吉がぼそりとつぶやいた。

「そりゃあ、大丈夫だろう」

捕らえられた久助たちが、自分たちの罪を軽く済ませたいなら、下調べまでして押込みをしたとは口にしないはずだ。あれも商人の子であれば、損得で物事を判断するにちがいない。

もし親分が文二郎に事情を尋ねに来ても、おちかには奈緒の代わりに店の番をしてもらっており、偶然久助たちの盗みを目にして番屋に駆けこんだと説くつもりだ。

「嫁入り前の娘に傷がつくところだった」

金助がなんども文二郎に頭を下げると、長吉が上ずった声でおちかに駆け寄った。

「これからはおいらがいくらでも話を聞いてやる。そのうち、おいらといっしょに……」

「言っておくけど、木戸番の女房なんてごめんだよ」

いつものように気の強い態度で長吉をあしらったおちかだったが、文二郎には精一杯嬉しさを隠そうとする娘の恥じらいが、言葉の奥に隠れて見えた。

六

「この有り様は、どういうことでございますか！」

店に入るなり、奈緒が悲鳴に近い声をあげた。やえ屋から戻ってきた奈緒が目にしたのは、店の中が土まみれで、薬研など道具が並ぶ棚がひっくり返ってしまった惨状である。

「野良犬がまよいこんで、大捕り物じゃった」

「それにしても、この状況は……なにやら、草履のあとまでついておりますが」

「年甲斐もなく、大立ち回りをしてしもうた。首をひっかかれた。膏薬を貼っておくれ」

あとで金助や捕り物を見ていた近所の者たちに、口裏をあわせてもらわなくては。奈緒にこれ以上心労をかけるわけにはいかない。文二郎は煙草盆を探った。

「そういえば、おとなりで、おちかちゃんが店番をしていましたよ」

「あの父娘、仲直りをしたようじゃ」

あら、こちらもですか、と奈緒が目を丸くした。

店の片づけをしながら、奈緒がやえ屋で起こったことの顚末を語りはじめた。寡婦と隣の菓子屋の職人が一緒になるそうで、八重がその後押しをしたとのことだった。

「奈緒、おまえもよい男ができたらば、遠慮することなく添い遂げるがいい」

「なぜそんなことをおっしゃいます」

「もしもおまえが望むのならば、長浜の家を捨てても構わないのだよ」

宗十郎の無念を晴らそうと江戸までできた奈緒の覚悟は、並大抵のものではないだろう。だが、なによりも奈緒自身のことを大切に思ってほしいと、文二郎は願っている。それは、この一年半あまりをふたりきりで過ごしてきて、奈緒をまことの娘のように思うようになったからだ。

「なにをおっしゃいます。私は長浜宗十郎の妻。長浜家の嫁でございます。お父上さまの、娘でございます」

奈緒が説教するように文二郎にぼやく。

「あまり料理は得手ではございませんが、丸薬作りはかなりの腕前になりましたよ」

「そうか……そうじゃったな」

文二郎は、いまなら息子に先立たれた老婆の気持ちがわかる気がした。何の見返りも求めずそばに寄り添ってくれる者がいることが、どれほど幸せなことか。この歳になってようやく気がついたのだった。


部屋の片付けが終わったころ、平賀源内がひょっこりと顔を出した。惚れ薬の一件から、いくどか薬屋に顔を出している。いつも風のように慌ただしく薬を買い求めて帰っていくのに、今日は炒り茶を土産(みやげ)に持ってきた。奈緒に「甘いものが欲しい」と面倒な頼みをして表に使いに出すと、上がり框にどかりと腰を下ろした。

どうやら文二郎に用があるらしい。

「先生はどうも厄介な犬に目をつけられているようで。ひどい怪我(けが)がなくてなによりでした」

「耳が早いのう」

「ここいらに出入りしている薬売りは、私のもとに全国各地から珍しい生薬を運んでくる採薬師でもある。薬に関わる話は、あっというまに私の耳に届くのですよ」

部屋を見渡している様子が、衣擦れの音でわかる。板間に上がると、なにやらごそごそと風呂敷から包みらしきものを取り出し、文二郎の手に載せた。包みを開くと、文二郎はその中のひとかけらをつまんで匂いを嗅いだ。

「なんと、朝鮮人参ではないか！」

「捨て丸もずいぶんと世話になっておるようですからな。土産でございます」

「とてもじゃないが、うちでは勘定ができん」

「結構、結構。そんなものいただきませんよ。土産と申したではありませんか」

源内は、唐渡りの朝鮮人参を手元に多く持っている。東都薬品会に出すものをのぞけばもう必要がないと笑った。景気のよい話だとありがたくいただくも、人参は医者が喉から手が出るほど欲しがる生薬だ。この男は医者ではないが、薬に造詣が深い男である。なぜこれほどまでにあっさり手放せるのか。文二郎には合点がいかなかった。

「いまは別のものに興味がありましてなあ。白き結晶と申せばよろしいかな」

文二郎が口を開く前に、源内が「伊豆へ参っておりました」と言った。

「なんと、芒硝が見つかったのです」

感極まったとばかりに手を叩く。

「ほう、それは重畳」

「たしか、文先生は信州米坂のお方でございましょう？」

それも薬売りたちから聞き出したのだろう。

「じつは、米坂にも芒硝ありとのうわさを、耳にしましてな。勘定奉行一色さまが米坂藩へ検めたところ、そのような事実はないとの返答だったそうでございます」

「殿がないと申されたのであれば、そうなのであろう」

「よろしいのですか？　芒硝は莫大な財を築きます」

文二郎が脱藩していることは源内も承知の上だろう。そしておそらくは、文二郎が芒硝の場所を知りえる人物だということも。源内の人脈の広さは、文二郎の比ではない。

「先生さえ望むのであれば、米坂へ戻る手助けをしようとまで、一色さまは申しておりますよ」

すべてがうまくいけば、米坂藩の芒硝も閏四月の薬品会の出展に間に合うと源内は言った。

文二郎は、はてと首を傾げた。本草学者は数多かれど、これほど多岐にわたって手を広げる学者も珍しい。薬に対する執着心は薄く、目新しいものは自ら足を運んで手に入れる。以前奈緒が腰の据わらぬ男だと口にしたことがあったが、まさにその評はあっている気がした。

「平賀どのは、なぜそこまでして薬品会にこだわるのだ」

「私は、器用なのですよ。人よりなんでも出来てしまう。そして、それだけなのです」

ひとつのことに秀でることができないのは、おのれの短所だと自嘲する。

「そもそも、この世は不思議が多すぎる。それをすべて解明したいが、私はひとりきりしかいないでしょう。ならば、私の知識を多くの者たちに広めて、その中から、ひとつの事しかできない不器用な者が現れれば、その者に道を深く突き止めてもらうしかない。私は、その足掛かりとなる道を作っているのですよ。ああ、不器用がうらやましい」

　やはりおかしな男である。

「こちらもお聞きしたい。先生はなぜ今の暮らしに甘んじておられます。それだけの医術と薬の知識があり、さらに芒硝の在処を知りえるあなた様なら、米坂の殿へ助けをもとめることもできましょうに」

　たしかに、文二郎は親義から信を得ていた侍医である。それゆえ芒硝について付きまとう懸念についても、親義は耳を傾けてくれたし、家老ら一部を除いて公にすることはなかった。だが、宗十郎が人参の横流しに加担し腹を切ったとされたことで、長浜家は親義からの信頼を失ったのである。それが冤罪(えんざい)であろうと、事実として表に出てしまっては致し方のないことである。

　だが、文二郎は殿に対して失望は抱いていない。それが藩主として当然の態度であろう。むしろ、許せないのは、文二郎自身に対してだった。

「先生ご自身？」

「……二年前、奈緒ははじめての子を死産した」

　唐突に文二郎が口にした言葉に、源内が戸惑うのが息遣いからわかる。

　年よりの世迷言(よまいごと)ゆえ聞き流してくれと、文二郎は念をおした。

「その時、わしは手元に数え切れぬほどの生薬を所持し、医学の知識もあったというのに、たったひとりの孫を救うことができなんだ」

赤子が命を落とすことはまれなことではない。無事に生まれることが、いかに難しいことなのか、誰もが知っている。だから仕方ないのだと奈緒に伝えた。そして、また次がある、と。

「消えた命に次などないのに。孫の命は、ひとつっきりであったのに。私は替えが利くかのように奈緒に告げてしまった」

あの時の奈緒の愕然とした表情を、文二郎は生涯忘れることはないだろう。

「薬に頼り、医術に頼り、おのれの知識を過信して、人の心を重んじることを怠った」

目が悪くなったのを口実に、侍医を退いたのは、奈緒への懺悔だったのかもしれない。それでもこうして薬を作り、病にある者を診て、奈緒に医術を伝えようとしている。奈緒が薬に興味を持ち、文二郎の言葉に耳を傾けてくれるのは、ほんの少しだが文二郎を許してくれていることの表れだろう。

「だから、いまのわしは、おのれの地位や芒硝などどうでもよいのだよ。ただ、奈緒がひとりでも多くの命を救いたい、もっと学びたいと思っているならば、その手助けをしたい。それだけじゃ」

そして宗十郎の命を奪った者を見つけ、心の整理をつけたいと願うなら、文二郎は最後まで奈緒に付き合うつもりだ。

「しかし、このままでは米坂藩によって捕縛されますぞ」

「それならそれで、天命じゃろう」

奈緒を危険な目に遭わせたくないと思い、同時に宗十郎の無念をはらすため共に戦いたいとも願ってしまう。矛盾するこの気持ちは、きっと器用な源内にもわからないだろう。


長吉が訪ねてきたのは、騒動から三日ほどたった風の強い日の午さがりだった。たまに木戸番を代わってもらう老人が咳がひどくて寝ついている。往診してもらえないかとの頼みだった。奈緒は出かけているが、文二郎は長吉に薬箱を持たせて、老人の家へ向かった。

「あれからおちかとはどうだね」

おちかは事件のあと、ぱったりと遊び歩かなくなった。毎朝店の前の通りを掃き清め、奈緒と立ち話をしているのを耳にする。店の手伝いもしているようだが、毎日のように金助と言い争う声が聞こえていた。近所の住人らによると、あれは昔から変わらない父娘の光景だという。

「前よりも素っ気なくなっちまった」

消沈する長吉だが、若い恋には遠回りが必要だ。じっくりと恢復したほうが体が丈夫になることと同じで、おちかの気持ちも徐々に深まっていくだろう。

木枯らしの中を歩いていると、長吉がふと足を止めた。老人の家はまだ距離があるはずだ。

「あれ、奈緒先生じゃないかい」

「朝から六間堀へ薬を届けに行っているはずだが」

このあたりは武家屋敷が立ち並んでいるらしく、奈緒が早足で入っていったのは、稲荷神社だという。思うところがあって、願掛けにでも立ち寄ったのかもしれない。

「ちょうどいい。奈緒もつれていこう」

文二郎は長吉の肩に腕をまわし、ゆっくりと境内を歩いて行った。

「いねえなあ」

長吉があたりを探る気配がした。やがて、「あっ」と息を詰める。

「奈緒先生、男といるぜ」

長吉の焦った口ぶりから、ここの神主や見知った客というわけではなさそうである。

長吉が大きな銀杏(いちょう)の木の陰に身をよせた。文二郎もあわせて息を止める。

「どんな男だ」

「お武家だが、ずいぶんと親しい様子だなあ」

風に乗って、奈緒の声が聞こえてきた。笑い声である。あれほど明るい声を、文二郎は久しぶりに聞いた気がする。やはり、奈緒には心を許している男がいるのだ。

耳を澄ます。鳥の鳴き声が聞こえた。夏よりも力のない、腹をすかせた鳴き声だ。

文二郎の脳裡に、目まぐるしく過ぎたあの夜がよみがえってきた。文二郎が母屋を駆けて、自室で首を切った直後に聞こえた声。

——死ぬでない！

遠くから、傷は浅いと聞こえた。寸前で怖気(おじけ)づいたのか、おのれの軟弱さに腹が立った。死にたいという声と、だが命を粗末にするなという声が自分の中でせめぎあっていた。

奈緒と笑いあっている男の声は、長浜家を不幸に陥れた男のそれにちがいない。

雪がちらつく気配を肌に感じ、境内に集まっていた鳥が、一斉に羽ばたく音が聞こえた。

米坂藩にかくされた秘め事に群がる男たちは、まるで雪鳥のようだ。

最終話

春の雪

一

星の見えない薄闇が、一月晦日の江戸の空に広がっていた。

坪井平八郎は、うっすらと足元に浮かぶ人影を踏みながら、止まらぬ咳に往生しつつ歩を進めた。堀沿いは霞がかかり、微かな月明かりのなかで水が雲母のように煌めいている。いずれ雪に変わるだろうと空を仰ぎながら、目当ての屋敷の門をたたいた。

米坂藩留守居役稲葉彰房が、日本橋の薬種問屋常盤屋藤次郎を呼び出したのは、横十間堀近くの亀戸町にある一軒の武家屋敷である。

すぐに潜戸が開き、むっとした面持ちの富田克久が顔を出す。

「おそいぞ、坪井」

平八郎は、母屋に目をやった。常盤屋が訪れて半刻ほど経つが、いまだ動きはないという。おそらく藤次郎が無理難題を突きつけているのだろう。

玄関横の供待ち部屋には、常盤屋の手代が黙して主人を待っていた。

しばらくして、稲葉の側近にあたる添役の柿沼治兵衛と、常盤屋藤次郎が姿を見せた。福々とした藤次郎の腹まわりは、羽織の紐がはちきれんばかりで、飽食にあることがわかる。唇の脇に白い泡のあとが残っていた。稲葉と舌鋒でやりあったのだろう。

侮られまいと、土間と床の段差に設けられた式台の前に立ちはだかった富田だったが、手を挙げた柿沼に制された。

大きな体をゆすりながら笑みをたたえた藤次郎が、手燭を掲げる柿沼に振りかえる。

「こちらとしましては、これまで通り稲葉さまへの助力はおしまぬつもりです。ぜひとも良い知らせをお待ち申しておりますよ」

富田の歯ぎしりが、隣に立つ平八郎の耳にまで届いた。

富田は平八郎と並び称される業前の持ち主だが、やや短慮で気が荒い。そのため主家から疎まれて無役のまま剣技だけ磨き続け、やがて柿沼に拾われた。柿沼は、己の実父と同輩で、在野にある平八郎に手を差し伸べてくれた恩人である。平八郎も似た境遇で柿沼のもとで働くようになったから、剣において身を立てたいと意気込む富田の思惑は、自身にも理解できた。

ただ、この男の圭角の多さに辟易していた。いまも常盤屋の駕籠を追って成敗しかねない怒気を発している。

「両人、稲葉さまがお呼びだ」

下男が門扉を閉じるのを待ち、柿沼が踵を返した。

屋敷内はひっそりと静まり返っている。廊下を進むと、微かに女の話し声が聞こえた。襖を開け閉めする振動を足の裏に感じる。この屋敷は稲葉が世話をしている妾の住まいで、平八郎たちもなんどか訪れているが、女人の姿を見たことは一度もない。

長い廊下を突きあたりまで進み、煌々と灯りが洩れる部屋の前に座すと、柿沼が襖を引いた。

部屋では渋面の稲葉がいら立ちを隠さず待ちわびていた。気苦労の多い役目がら、ここ数年で一気に齢をくったかのようである。

「常盤屋の狸め、春のうちに片をつけねば、この先、手を貸すことはできぬと言いよった」

常盤屋は、御用商人として上屋敷に出入りするだけでなく、稲葉を金銭面で支えていた。留守居役が担う人脈の確保と幕政への根回しには、金がかかる。常盤屋は、稲葉にとって都合のよい千両箱なのだ。

一時はそのあくどい商いの姿勢を咎められた時期もあったが、稲葉が留守居役として定府したころから、ふたたび出入りを許されるようになっていた。

近ごろの商人は、士分を見くだす嫌いがある。この世が石高ではなく、金高によって回りはじめたからに違いない。こうなるとさらに剣で生きる道は狭まっていく。

「なにゆえ、そのように事を急ぐのでございますか」

富田が柿沼に顔を向けた。平八郎たちは直接留守居役と口を利くのを禁じられている。

「近く薬種問屋に大鉈が振るわれる」

柿沼の返事に要領を得ない顔を浮かべた富田だったが、それ以上は誰も口を開かなかった。

いま稲葉が頭を痛めているのが、近く行われる宝暦治水の補修事業に、米坂藩が関わらないようにすることである。御手伝普請の掛りは、命じられた藩が捻出せねばならない。これは外様大名の財力と労力を削ぐ狙いがあった。

最大の御手伝普請といえば、宝暦四年（一七五四年）二月から同五年まで、薩摩藩に課せられた治水事業である。

濃尾平野に流れる木曽三川の下流地は、長良川、木曽川、揖斐川が網状に流れ、洪水のたびに川の形が変わる水害地域であった。これを分流し、周辺の水害を減らす目的で始まった治水事業は、外様の薩摩藩に命じられた。負担した費用は、四十万両近くに上るという。

公には伝わっていないが、多くの犠牲者が伴い、薩摩藩はこの嫌がらせともとれる事業を執拗に要求する幕府に対し、一戦を構えようという強硬な論調まで噴出したという。

その総責任者が、勘定奉行一色安芸守である。

一昨年春、勘定方筋から稲葉のもとに、木曽三川上流域の追加補修事業の御手伝が、信濃、尾張、美濃周辺いずれかの藩に下ると伝わってきた。周辺の状況にもよるが、数年のうちに普請に取りかかるという。

これらの藩の中で、名指しされる可能性が高いのが、米坂藩酒井家だ。

酒井家は、元をたどれば、豊臣秀吉のもとで大名に出世した仙石家の分流にあたる。機を見て徳川に転じ、関ヶ原の戦いでは東軍に付き、猛将として名を揚げて、信濃佐久に所領を得た。藩主親義の姉は、上田藩から但馬国出石藩へ移封された仙石家当主の血筋へ嫁いでいた。そのため、最も御手伝普請に任ぜられてもおかしくない立場なのである。

　そもそも財政逼迫の原因は、米坂藩の領地にあった。

　米坂藩は山村が多く、年貢を米で上納することが困難である。そのため、槙、椹などの丸太を割材とした榑木を正租として上納していた。しかし、江戸の度重なる大火や宝暦事業などで、用材需要は年を経るごとに拡大していった。結果として、木材の搬出に便のよい河川に近い山林の樹木が減少する「尽き山」化が顕著となってしまったのだ。

　そこで藩主親義は、七年前に領内の檜、椹、槙などの伐採を禁じ、安定した林分の回復に努めることを決断した。

　当然、上納は榑木だけでは賄えなくなり、代金納を認められているが、それも十年に限られた措置である。藩としては二十年の休伐期間を目算していたため、この半分という期間は、米坂藩の行く末に暗雲をもたらしていた。

　この状況下で、御手伝普請の下命があれば、米坂藩は窮地に陥る。

　御手伝大名にならないため、稲葉は一色安芸守をはじめ、各方面に金銭や音物を届け、米坂藩を除外するよう頭を下げて回っているのだ。この工作を成功させれば、稲葉の藩政への立場は強固なものとなるであろう。

　ただ、石高も低く材木も切り出せぬ米坂藩には、根回しをするだけの貯えがない。そこで手を挙げたのが、御用薬種問屋の常盤屋であった。

常盤屋は、米坂藩領内の「生薬」に目をつけ、その独占と引き替えに、米坂藩の逼迫した財政を商いで支えようと申し出たのである。

——米坂藩に芒硝ありとの噂を耳に致しました。その販路を常盤屋にまかせていただけましたらば、この先稲葉さまがおっしゃるだけの掛りを捻出いたしましょう。

常盤屋は、日本各地に採薬師を抱えている。その者たちから、米坂藩の領内に白き結晶が湧き出る場所があるという噂を聞きつけたのだ。ただ、それがどこかいくら探しても見つからないという。

場所を知りえるのは、侍医を務めていた長浜文二郎であるらしいとわかったが、常盤屋は、以前文二郎から厳しい咎めを受けている。稲葉の力で、文二郎を懐柔できないかと、持ち掛けられたのである。

稲葉にとっては渡りに船だった。

芒硝は、金にも勝る稀少な鉱物であり、唐物以外に手に入れることは、ほぼ不可能だった。偽物が売買され、それすらも破格な値で取引されている。

芒硝を一手に引き受けることができれば、常盤屋は江戸のみならず日の本随一の薬種問屋に名乗りを上げることができる。稲葉としても、芒硝に関わることで藩政の中核を担うこととなり、さらに権勢を強める足がかりとなる。双方にとって利得となろう。

「長浜文二郎の行方がわかったと報告を受けたが、その後どうなっておる」

すでに平八郎が、長浜家の嫁である奈緒に近づき、住まいも掌握している。手下に使う魚屋の吉蔵によると、奈緒に平八郎を怪しんでいる様子はない。

「以前、町の破落戸を雇い店を探らせましたが、芒硝の在処は知ることはできませんでした。女にも探りをいれておりますが、芒硝についてはなにも聞かされておらぬようです」

「さっさと長浜を捕らえ、口を割らせればよいではないか」

いら立ちをあらわにする稲葉に対して、柿沼が「いえ」と制した。

「一度は命を絶とうとした男です。無理強いをすれば、口を閉ざしたまま自害しかねません」

柿沼は、表屋敷では地味な役回りを引き受けているが、稲葉の懐刀として如才ない働きを見せる男だった。

稲葉は柿沼の言葉を受けて、深く息を吐いた。

「そもそも、米坂であやつの息子を手にかけるという不手際が、面倒な事態を招くことになったのだ」

はじめは長浜文二郎を狙ったはずだった。穏便に稲葉に与すればよし。歯向かえば剣でもって芒硝の在処を白状させるつもりだった。しかし当の文二郎が屋敷にいなかった。そこで事情を知らぬ宗十郎を人質に捕らえたが、彼がふと、

「おぬしら、江戸で見かけたことがある。柿沼さまの配下の者だな」

と、口にしたとたん、勢い斬りつけたのは、富田の短慮だ。

検死をすれば、人の手によるものだとすぐにわかる傷を残してしまった。稲葉と柿沼の息がかかった大目付が、朝鮮人参の横流しに宗十郎が関与していたとでっちあげ、自害として片をつけたが、結果として文二郎を警戒させることになり、稲葉に協力させることができなくなってしまった。

勘定奉行は、人参と芒硝の国産化を早急に進めようとしている。すでに人参は道筋ができてしまった。いずれ芒硝の流通も幕府の管理下におかれ、その利はなきに等しいものになるだろう。藩主親義は、芒硝という宝をどのようにとらえているのか。幕府から芒硝に関わる下達がこれまで一切ないことから、芒硝はまだ領内に放置されたままなのだろうと推測された。

常盤屋が年内に、と急いているのは、人参に代わる芒硝をどこよりも早く掌握したい思惑があるからだろう。そして米坂藩も、代金納措置の期限残り三年のうちに、あらたな財源を獲得し、藩としての体力を温存させねばならない。

「御手伝普請の下命まで時が迫っておる。どのような手を使っても構わぬゆえ、長浜の口を割らせろ」

平八郎と富田は一礼して部屋を出た。

いつの間にか表は大粒の雪が降り積もり、あたりは青白い光が満ちていた。富田が先を歩きながら、ついと足をとめて平八郎を振り返った。

「坪井、よからぬことを企んでおらぬだろうな」

「なんのことだ」

「吉蔵から聞いたぞ。長浜の女は、嫁ぐまで御長屋住まいであったというではないか」

平八郎が臥せっている間に、吉蔵は金づるを求めて富田に近づいたのだ。いや、初めから富田とも通じており、奈緒とやり取りしていた文を見せていたのかもしれない。

「いらぬ邪推だ」

「まあよい。そなたの手に余れば、女を手玉にとるのはわしの役目になる」

富田は「いい女だってなあ」と下卑た笑い声を上げ、雪の中に消えていった。

(俺も稲葉や富田のことをとやかく言えない。しょせん嘘つきな小物だ)

奈緒が長浜家に嫁ぐ少し前、平八郎は上役に歯向かい短慮からけがをさせたことがあった。あのころの平八郎は若く、忖度や根回しといった奸計が煩わしく思えてならなかったのだ。

役目を解かれ、剣術修行と称して江戸を発ったのは、身の置き所がなくなり逃げ出しただけだった。その後、柿沼から声をかけられ、稲葉のもとで働くようになった。稲葉と柿沼が藩政の中核で権勢を保てるよう影に徹することが、平八郎たちの役目だ。

ちょうどそのころ、奈緒が国許に嫁いだと風の便りで耳にした。友人の妹は、身の不遇にあったとき、平八郎の微かな光であり続けたが、もうすべてが手遅れだと知ったのである。

それからは、柿沼の下で剣をふるった。人様に言えない仕事を請け負い、罪なき命を奪ってきた。その罰だろうか。富田とともに長浜家を襲った直後、吐血した。もう先が長くないと察したのである。

四畳半の部屋に戻り、火箸を手に取って、火鉢の灰の中から火種を探した。白い息が、真っ暗な部屋に見える。体が熱を帯びていた。せりあがる咳を飲みこみながら、押し迫る闇を振りはらうように目を閉じる。

奈緒は息災だろうか。どうにか、彼女たちの身に危険が迫っていることを知らせたいが、それを伝えるということは、これまでついてきた嘘も白状せねばならぬということだ。

目を閉じると、そこに白い顔の女がうつむき加減でこちらを見ている。奈緒に似ている気がした。鉛でふさがったような胸の内側が、徐々に温かくなるのを感じていた。

二

近ごろ、魚屋の吉蔵が姿を見せない。年があらたまり、商いが忙しいのかもしれないが、ひと月以上顔を出さないのはどういうことか。

師走の煤払いのころに、奈緒は六間堀あたりで、天秤棒を担いだ吉蔵を見かけて声をかけた。聞けば、平八郎は少し前から体調を崩し、道場に間借りしている部屋で寝ついているという。たいしたことはないと伝言を頼まれていたが失念していたらしい。小遣いをもらわねば、動かぬ男なのだ。

様子を見に行きたいが、道場の場所がわからない。

さらに、昨年四月から一年の間、殿が本所の上屋敷に滞在している。年の暮れから、付き合いのある大名家への寒中見舞いやら、年が改まってからの御登城や年始の行事がたてこみ、定府・勤番の侍たちは目のまわる忙しさであろう。吉蔵から平八郎の不調を耳にした直後、上屋敷に出向いてみたが、人の出入りが激しく平八郎に会うことはできなかった。

小正月を過ぎれば文が届くだろうと待ってみたが、一月も終わるというのに音沙汰がない。

平八郎の身を案じながら、かじかむ手のひらに息を吹きかけた。江戸のこの時季は思いのほか厳しい。年の暮れには大川や深川の堀も薄氷が張り、一気に寒さがましてきた。二階から、文二郎のくしゃみが聞こえる。

海風が老いた体にこたえているのだろうか。文二郎は、このふた月ほどぼんやりとすることが多くなった。今朝など、朝餉の味噌汁の塩気に文句を垂れず、無言のまま二階に上がってしまった。

(野良犬の騒動から、どうもお父上さまの様子がおかしい)

ふた月前、店が野良犬に荒らされた。おそらく文二郎の出まかせだ。なにがあったのかしつこく尋ねても、文二郎はのらりくらりとはぐらかす。金助が何やらもの言いたげな様子だが、あれで結構義理堅い男で、文二郎に口止めされているのか、奈緒にはなにも教えてくれない。

掃除を終えて店に戻りかけたとき、冬木町のおしまが、娘のおなつを背負ってやってきた。料理茶屋や置屋で洗濯の仕事を受けているため、あかぎれができて指の節が切れている。

百味簞笥に入っている軟膏を探していると、おなつが土間に山積みしている生薬の根の束で遊びはじめた。

「水仕事が終わったら、手を湯で温めて、ゆっくりと揉んでくださいな。濡れたらしっかりと拭って軟膏を塗れば、さほど腫れることもないでしょう」

「助かるよ、奈緒先生」

「なんども申しておりますが、私は医者ではありませんよ」

奈緒は苦笑いをして、油紙にくるまれた軟膏を渡した。

「あたいらにしてみたら、奈緒先生は立派なお医者だよ」

この冬は、おなつがあまり熱を出さないと、おしまが目を細めて我が子を眺めている。

「七歳までは神のうち、なんて言うだろう？　こんな小さな子が、無事に年を越すってのは、ほんとに運がいいことなのさ。文先生たちがいてくれて、ほんとうに心強いよ」

やめて下さいと、奈緒は首を振った。

「おなつちゃんがこうして元気でいられるのは、あの子の生きる力が強いからですよ。私たちの力など取るに足らぬことでございます」

「またそんなこと言って。もっとよその医者みたいに偉そうにしてりゃあいいのに」

おしまはしばらく落ち着かない様子で店の中を見渡していた。なかなか帰ろうとせず、もの言いたげに奈緒の動きを目で追っている。

「おしまさん。あかぎれは、ただの口実ですね」

奈緒が軽くにらむと、おしまは「ご名答」と言って肩をすくめた。

「先生、ここを出ていくなんて考えていないよね」

「なにを唐突に」

「ちょいと、噂を耳にしてさ。奈緒先生が所帯をもって深川を出ていくんじゃないかって」

「なんですか、それは！」

「いい人がいるんだろう？　長吉がちらっと話していたんだよ。先生が、どこかのお武家といい仲みたいだって」

おしまが聞いたのは、上背のある三十路前後の男だという。平八郎のことに違いなかった。

「見まちがいでしょう。こんな年増を誰がもらってくださるのですか」

おしまに嘘をつき続けることは気が引ける。だが、事情を知られ、友蔵一家に迷惑をかけたくない。

おしまは大きく息をついて、ちらと二階に目をやった。きっと知りたいことは山ほどあるだろう。

「人のお節介ばかり焼いてないで、あんた自身の身の振り方も考えておきなよ」

そう言うと、おしまは珍しく薬代を置いて帰っていった。

奈緒は土間に散らばった生薬の茎根を集めながら、静まりかえる店の中を見渡した。やらねばならないことが山積している。

板の間には、作りかけの「里うぃん丸」が干しっぱなしだ。日本橋から仕入れた生薬も、はやく百味簞笥に振り分けないと文二郎に叱られる。なによりも、宗十郎の命と、義父の目の光、そして奈緒のささやかな幸せを奪った男たちを早く見つけ出し、罰を加えねばならない。

自嘲じみた息が口から洩れた。

人の命を救うための薬を前に、奈緒は人の命を奪うことを考えている。


午をまわると、空はさらに厚い雲に覆われた。やがて雪がちらつきはじめ、室内でも吐く息が白くなる。長火鉢に炭を足していると、ようやく文二郎が掻い巻きを引きずり下りてきた。

奈緒は白湯を差し出しながら、真っすぐ火鉢に身をよせる文二郎の様子をうかがった。奈緒が動くたびに顔をそむける。おしまの話を思いだした。

(坪井さまのことを知っているのかもしれない)

すべて誤解だと文二郎に言い訳をしたところで、ではどこの男と会っているのかと問い詰められるだろう。

気づまりになり、すこし外へ出ると奈緒が声をかけたとき、腰高障子がきしみ、伊勢崎町に住む船頭の辰之助が、咳きこみながら店に飛びこんできた。

「ちょいと腹が痛え。すっきりする薬、寄こしてくんねえ」

ほおかむりをした手拭に、大粒の雪が積もっていた。こんなに冷えるのに喉が渇いたというので柄杓を渡すと、水甕の水をうまそうに飲み、ひと息ついて框に腰を下ろした。

そばに寄ると、辰之助の口から酒の臭いがする。

「朝から呑んでいるのですか」

奈緒が咎めると、「腹の中からあったためただけさ」と、辰之助は愛嬌のある顔で首を縮めた。いそいそと板の間ににじり上がり、筵に寝転がる。辰之助の腹は、えぐれるようにくぼんでいた。あばらが浮き出て、ここふた月あまりでかなり痩せたようだ。

文二郎が手のひらで腹を押すと、辰之助は痛えと顔をゆがめた。

「食ったもんを夜になると吐いちまう。宿酔でもねえのによお」

手首の脈をとる文二郎は、奈緒にも触れるよう勧めた。脈を診ることは、病位、病理、病勢を示すため、病を調べる重要な診断となる。

中でも病位を示すのは、脈状だ。ピンと弦を張ったような強い「弦脈」や、指を強く押さねば拍動に触れない「沈脈」など多種の脈がある。奈緒は目を閉じ、指先に意識を集中させた。

「それが、弦脈じゃ」

「指に引っかかりも感じます」

滑らかではない脈は、血の流れが悪い証拠だという。

「いつから嘔吐しておる」

「師走に入ったくらいかねえ。うちの長屋に医者を名乗る男が越してきてさ。ちょうど熱が出て腹の具合も悪いって話したら、試しに合わせた薬が余っているっていうから、ただでもらったんだよ」

「だったらその者に診てもらえ」

「それが偽医者だったらしくて、ずらかりやがったのよ」

男は暮れに呑み屋の掛け取りから逃げるように出ていったという。

「ほら、これさ。毎日服用するようにもらったもんだ」

辰之助から薬包を受け取った奈緒は、それを開いて文二郎の鼻先に寄せた。文二郎は鉤鼻を動かしながら臭いをかぎ、小指の先に唾をつけ、薬をすくって味を確かめる。

「大黄、枳実、芒硝、あとはようわからんが、瀉下剤のようじゃのう」

「そいつを飲んだら糞もよう出てすっきりしたんだが、飲み続けているうちに腹は痛くなるし、食ったものはすぐ戻しちまうし。今じゃあ夜も寝られねえ」

体力も落ちて仕事も休みがちだという。

身を起こして着物を合わせた辰之助は、神妙な面持ちで文二郎を見つめた。

「もとからの胃の不調に瀉下剤が加わって、反胃を起こしたのだろう。体の負担にならぬような薬をやろう」

文二郎は半夏や生姜などを合わせて、ゆっくりと薬研を立てはじめた。

「なぜもっと早く、うちに来てくださらなかったのです」

ふだんは些細なことで顔を出すというのに。

「ここの付けがたまっていたから、顔を出しづらかった」

辰之助は頭を掻いた。

「それに、うちの娘たちが戻ってくるから、すこしは住めるように支度もしたくてよお」

辰之助の娘は、六間堀沿いの小さな仕立屋に嫁いでいる。すこし前に亭主が外に女を作り、腹を立てた娘が、七歳になる孫娘をつれて実家に戻ってくることになっていた。正月は、三人で洲崎からご来光を眺めるのだと浮かれていたが、どうやらひとりで年を越したらしい。

「娘さん夫婦は仲直りされたのですね」

「いや、亭主が子どもと別れたくねえって泣きつきやがってよ。それでも娘は勘弁ならねえってんで、近いうちにこっちへ移ってくるってさ」

辛抱のきかねえ娘だとぼやきながらも、頰が赤らみ喜びを隠せずにいる。

「では、お酒を控えて、体を健やかにせねばなりませんね」

近々娘と孫を迎えに行くため船を出す。それまでに体を治したいと辰之助は言い残して帰っていった。

道具を片づけている間、文二郎は腕を組んだままじっと動かず、辰之助が寝転がっていた場所を見つめていた。

「なにか気になることでも？」

「辰之助は、あまり良うない」

「え？」

「やった薬では根本的な治癒にはいたらぬ。しばらくは仕事もできるだろうが、薬は気休めにしかならん」

もう手の施しようがないという。

「やはり胃の腑ですか」

「石ができておる。胃の腑に冷えがあるのに、瀉下療法を行えば、虚感が強まる。医者を名乗った者が、病巣を見誤ったのじゃ」

ほかにも肝の臓が悪くなっている。それらが合わさり、ひどい嘔吐が繰り返されているのだろう。

「娘さんたちと暮らすのを楽しみにしているのに。なにか手立てはございませんか」

「人の命は限りがある。それを多少延ばせたところで、いかほどの救いがあろうか」

これまで何度も患者やその身うちに向けて告げてきた言葉である。

「ですが、お父上さまは医者でございましょう。命を諦めてどういたします」

「医者は神や仏ではないのだ」

寿命はすでに天が決めている。それは奈緒にもわかっていた。

文二郎は医術や生薬の知識は長けているのかもしれない。だが、限界を知ることができる医者であるからこそ、病に抗いたいと願う病人に対する態度が、非情に見えることがある。

もしも暮れにすぐ文二郎のもとに来ていれば、いますこし時を長くすることもできたかもしれない。不運も天命なのだと、文二郎は首を振った。

三

数日経って、奈緒は伊勢崎町へ出かけていった。痩せていく辰之助と会うのは気が滅入るが、奈緒は文二郎の目だ。最後まで見届ける務めがある。

この日は辰之助が不在で会うことはできなかった。娘たちも宿移りしている様子はない。長屋の女にたずねると、朝から仕事に出ていて留守だという。あの体で船の櫓を操ることができるか心配だが、処方した薬で調子が良くなったのかもしれない。

また出直そうと裏店をあとにした。人通りのすくない路地に、風呂敷包みを抱えた母親と、前髪をあげたばかりの娘が並んで歩いていく。二月の初午は、子が奉公に上がったり手習いを始めたりする時期だ。緊張した面持ちの娘が、不安そうに母親の袂をぐっと握りしめている。母親の目元は赤く潤んでいた。

いまだに、泣かぬ赤子を抱きしめた感覚がよみがえることがある。そして、自分はどんな母親になっていたか思い描くのが癖のようになっていた。

だが、このごろは、奈緒の生きる場所は過去にはなく、患者と向かい合っている今この瞬間だと強く感じるようになっていた。立て続く悲しみのあとに、文二郎という厄介な義父と暮らしたからだろう。

頭でっかちの老爺だと思っていたが、文二郎は意外にも情にもろく、女好きで、小さな子のようにあれが食べたい、これは嫌だとわがままを口にする。

だが、命を前にするとき、病人も医者も、貧富や男女や老若といった壁はないのだと教えてくれたのも、文二郎だった。

病にある本人や身内が目を背けたとしても、医者として関わったのならば、さいごまで見つめ続けなければならないと、文二郎という医者から教わった。

(やはり黙っていてはいけない)

店に戻ったら、平八郎に助けを求めたことを文二郎に白状しよう。叱られるだろう。奈緒の中にある微かな想いも感づかれるかもしれない。それでも、文二郎と心が離れることだけは嫌だった。

ふいに荒々しい男の怒鳴り声が聞こえてきた。振り返り海辺橋のほうを見ると、さきほどの母子が、すれ違いざまにぶつかった男に悪態をつかれている。目を凝らしてみると魚屋の吉蔵だ。舌打ちしながら橋を渡ってきた吉蔵は、真っすぐ小名木川の方角へ歩いていく。

「もし、吉蔵さん！」

「おや、薬屋の若おかみでございますか」

奈緒が駆けていって呼び止めると、吉蔵はとぼけた様子で笑みを浮かべて振り返った。

「坪井さまはどうされておられます」

「さあ、しばらく文を預かっておりませんから、ようわかりませんなあ」

落ち着きなく目を泳がす吉蔵だったが、にたりと笑って「寂しゅうございますか」と奈緒の顔をねっとりと見つめる。

「坪井さまの道場を教えてくださいい」

「構いませんが、人にものをたずねるときは礼儀というものがございましょう？」

吉蔵は指で丸を作ってみせた。奈緒がなけなしの銭を手渡すと、つるりと道場の場所を白状した。竪川沿い（たてかわ）にあり、米坂藩上屋敷からほどほどに離れていた。

「あんたが行ったところで、坪井さまはもう女を満足させてやることたあできませんぜ」

下卑（げび）た笑いの意味を探る。

「まだお体が良くなられていないのですか」

「ご自身の目でたしかめたらようござんしょう。なんせ、あんたはお医者なんですから」

剣術道場から激しい気合が聞こえてきた。建物の裏手にまわると、庭の井戸でもろ肌を脱いだ若い門人が汗を拭っている。直視できず生垣の前で立ち止まっていると、なに用かと声をかけられた。

「医者の使いでございます。あの……」

「坪井先生かい。奥の部屋にいると思うよ」

礼を言って枝折戸を押し、敷地の奥に建つ貸長屋の一室の戸をたたいた。部屋の奥から応えともわからぬくぐもった声が聞こえる。しばらくして軋みながら戸が開き、無精ひげ姿の平八郎が姿を見せた。

久しぶりに会う平八郎は、痩せたようには見えないが、顔色は悪く額に汗の粒を光らせていた。

「奈緒どの、どうしてここに」

「どうしてではありません！　なぜひとこと私におっしゃってくださらなかったのです」

吉蔵か、と平八郎は舌打ちした。

部屋は汗が染みて色の変わった夜具が敷かれたままである。敷布団の端が壁にもたれかかるように折られていた。平八郎は夜具を丸めて、奈緒が座る場所をつくる。畳は汗と湿気でしっとりと濡れていた。

「年の暮れから、たちの悪い風邪にあたってな。ようやく熱は下がったが、腹の痛みと咳が止まらぬ」

火鉢にかけた薬缶がしゅんしゅんと音を立てる。

構わずに横になるよう告げたが、平八郎は首を振った。部屋を見わたしたところ、医者にかかっているようにはみえない。

「ただの風邪ではないようでございます。横になるのもお辛いのでしょう」

布団が壁についていたのは、激しい咳で横臥できず、物に寄りかからないと寝られないからだ。船頭の辰之助の症状に似ている。

そっと平八郎の手をとり握った。平八郎は驚いたように身を固めたが、奈緒は構わず剣だこのできた指を摑んだ。井戸の水にふれるように冷たい。指を這わせて、平八郎の脈を診る。奈緒の心の臓が早鐘を打った。

「私は医者ではございませんが、多少の心得はございます。もしや胃の腑の病では？　あまり良い状態には思えません。すぐ義父に診てもらいましょう」

「無駄だ。私の母と叔母もこの病で亡くなった。覚悟はしておる」

平八郎は手を引き抜くと、まっすぐ奈緒を見つめた。笑おうとしてうまくいかず、平八郎の頬がゆがんでいた。

「坪井さまは、昔からご自身が困ったときに決して人に助けを求めてくださりません」

奈緒が嫁ぐ少し前、平八郎は上役に歯向かい役目を解かれた。その時、平八郎は奈緒たちにひと言も告げずに江戸を去ってしまった。

身内を早くに亡くし、だれよりも孤独だったはずなのに。平八郎のことを家族のように思っていたのは、奈緒だけだったのか。

奈緒も文二郎以外の身内を亡くしているからこそ、平八郎の失意や孤独が痛いほどよくわかる。

「坪井さまの一生でございます。あなたがそのように生きたいと願うならば、私ができることはございません。ただ、私も勝手を言わせていただきます。坪井さまが苦しんでいるなら、共に苦しみたいと思います」

「そんなことはさせられない」

平八郎は咳を押し殺しながら首を振った。

「奈緒どのは難しい顔をしているよりも、昔のように笑っていたほうがよい」

「ならば、坪井さまも一緒に、私の横で笑ってくださいませ」

そう言って奈緒は顔を伏せた。心の内を見せる女などはしたないと思っていた。だが、深川で生きる捨て丸やおしま、おみよや八重たちに出会い、胸の内に感情を押し殺すなど勿体ないことだと教えられたのだ。

「あなたには、成すべきことがあるのだろう」

やはり、平八郎は奈緒が亡夫の敵を討つために江戸へ出てきたと承知していたのだ。

ただ、その想いは大きく揺らいでいる。

宗十郎の無念を晴らした奈緒は、その敵の死を前にして平静でいられるだろうか、と。命の限りを知り、それを救おうと努力を重ねてきた文二郎に、その一翼を担わせることが正しいことなのだろうか、と。

そして何より、優しさの塊でできていたような宗十郎が、それを望んでいるのだろうか。

奈緒は、大きく息を吸い、帯に手挟む小さな刀の上に手のひらを添えた。

これは文二郎が生まれてくる孫のために誂えた護り刀だ。災いから赤子を守るためのものなのに、人を殺めることに使おうなど、なんて愚かな母であろう。

「やはり私は、この世に無事生まれてきた命あるものを、この手で殺めることはできそうにありません」

平八郎が眉尻を垂らして、奈緒を気遣うように見つめている。

奈緒には子がいない。言葉の意味をとっさに理解する平八郎は、やはり敏い男である。すると、平八郎は奈緒の肩を強くつかんだ。

「であれば、いますぐ長浜どのと江戸を出なさい」

「え？」

「あなたが考えるよりも、長浜どのが抱える秘密は危険なものだ」

「それは、夫の死と関りがあるのですか？」

平八郎は眉根をぐっと寄せ、なにかを口にしかけたが、ふいに胸を押さえ咳きこみだした。奈緒は平八郎の背をさすりながら、文二郎が傷を負った後の高熱で朦朧とし、虚ろの中で繰り返していた言葉を思い出した。

――わしのせいで、宗十郎を死なせてしもうた。

本人は、目を覚ましたあと何も覚えていなかった。その後の目付の調べでは、屋敷に押し入ったふたり組が宗十郎を殺めたが、なぜ狙われたのか見当がつかないと話していた。

（やはりお父上さまは、すべてを知っていたのだ）

それでも奈緒と江戸に出てきたのは、敵をとりたいという奈緒の心情をおもんばかってのことか、それともすべてを闇に葬り去るためか。

奈緒は、咳がおさまった平八郎に白湯を差しだした。疲れ切った面持ちで湯をすする平八郎は、何度も「すまない」と謝ってくる。

「なにがでございますか」

背にあてた手のひらが、じわりと熱くなる。この人は、多くを語らない。ひと言も告げず奈緒の前から姿を消したころから、直してほしいと思っていた彼の悪い癖だ。

「奈緒どの。あやまらねばならぬことがある。定府衆の一件だが、もはや調べることはできそうにない」

「それはもう結構でございます。どうかお体を大切になさってくださいまし」

「そうではない。じつはあの秋、国許へ入った男たちは……」

そう言って、平八郎が奈緒の手を強くつかみ返したとき、戸が荒々しく引かれ、ひとりの男が部屋に入ってきた。みっちりと肉付きのよい小体の男は無言のまま部屋の中を見渡し、奈緒を見ると不気味な笑みをうかべた。

弾かれたように身を起こした平八郎が、奈緒を背に隠して立ちはだかる。

「坪井、その女をこちらに寄こせ。すでに深川に隠れ住んでおった長浜文二郎は捕らえた。嫁を使って、あやつの口を割らせればよいと稲葉さまに進言した」

奈緒は息を呑み、平八郎の背を見つめた。

「あの時、女房を生かしておくのは面倒に思ったが、なるほど、このような使い方があったのか」

男の言葉に、奈緒は震える体を抑えることができなかった。

「奈緒と申したか」

男が、にやりと笑った。

「お前の夫は、わしが斬りふせたあと、ずっと女房の名をつぶやいておった。情けなや、おなごの名を口にして死んでいくとはな」

この男が宗十郎を殺めたのだ。そして、目の前で盾になってくれている男もまた……。

振り返った平八郎の顔は、これまで見たことのない情の欠落したものだった。文二郎は、襲ってきた男たちの背格好を目付に伝えていた。

上背のある首の長い蛇のような男と、小体でがっしりとした粗野な男――。

平八郎は緩慢な動きで壁にかけてある太刀を手に取った。

「もう……あなたに嘘をつく必要はなくなった」

「そんな……」

幼いころ、この人の妻になることを考えていた。いつしか互いの進む道は分かたれ、奈緒は宗十郎というかけがえのない伴侶と出会うことができた。

その人を失ったとき、平八郎のことを思い返すことはなかったが、かつての淡い記憶は奈緒の中にあり続けた。

それだけではない。両親や兄を失くしたこと、腹の子の母として十月十日を過ごすことができたこと、薬屋として深川で暮らしたこと、そのすべてがひとつとして欠けることなく、今の奈緒を作りあげている。

だが、その中のひとつが偽物だったとしたら、奈緒は今の自分を保つことはできなくなってしまうだろう。

ふたりで会っていたとき、顔色が優れないと心配する奈緒に、江戸の空っ風のせいだと笑っていた平八郎を思いだす。

冷たい風から奈緒を守ってくれた平八郎は、すべて偽りだったのか。

平八郎が咳をしてうずくまった隙に、奈緒は表に引きずり出された。足が絡まり転んだ奈緒の腕を、小男が引きずりあげる。助けを呼ぼうとあたりを見回したが、すでに道場は静まりかえっていた。周囲も外の蔵の壁に囲まれ、往来する人の姿も見られない。

「まて、富田！」

部屋を飛び出してきた平八郎が、ふたりの前に回りこみ立ちふさがった。

「待ってくれ。捕らえるのは長浜文二郎だけでよかろう。この人はなにも知らんのだ。見逃してやってくれ」

「なにを申すか、坪井」

驚いたのは、奈緒だった。

「ただ、伴侶の死の真相を知りたいと願っておるだけだ」

「ではおぬしの口から申せばよかろう。長浜は、藩の命運を定める芒硝を秘匿しておるとな」

芒硝は、奈緒たちの薬屋では滅多に手に入らぬ鉱物由来の生薬で、瀉下剤などの薬に調合される。そんな稀少な生薬が米坂藩にあるなど、奈緒はこれまで一度も耳にしたことはなかった。

「たのむ富田」

「それがおぬしの本心か」

富田が鋭く目を向けた井戸のそばに、吉蔵が立っていた。富田は奈緒を吉蔵に押しつけると、平八郎に向きなおり鯉口(こいぐち)を切った。

「我らは稲葉さまの手足。心など持つ者は、役目を果たすことはできぬ」

奈緒は、吉蔵に都合よく嵌(は)められ、誘い出されたのだ。

平八郎が抜刀すると同時に、富田が草履を背後に蹴(け)り脱ぎ捨てた。平八郎は、横に足を送る。

富田が上段から斬りかかった。平八郎はそれを跳ね上げる。息を呑む間もなくふたり同時に踏みこみ、袖を擦り合わせたかと思うと、刃風を鳴らす激しい打ち合いになった。

平八郎の体から、白い湯気が立ちあがる。富田の肩が上下し、太刀を握る拳から汗が滴る。荒い息遣いが奈緒の耳にも届いたが、なぜかふたりの剣士の口元は、かすかに笑みが浮かんでいた。

すさまじい一撃を繰り出した富田に反応した平八郎は、体をひらいて跳ね返したが、迫りくる富田の勢いに体勢を崩してしまった。富田は斬り伏せたと確信したに違いない。しかし平八郎は踏みとどまり、体を逸らして富田の一撃を鼻先でかわした。互いの体が密着するように離れず、鍔ぜりあいが続く。

「坪井さま!」

奈緒が身を捩るが、吉蔵が奈緒の上半身を抱えこんでいる。ちらと平八郎が奈緒を見た。それを富田は見逃さなかった。足を踏み替えたかと思うと、重い剣を平八郎にたたきつけた。だが同時に平八郎も体を伏せ、富田の胸乳あたりを、斜め下から斬り上げた。

恐ろしさのあまり、奈緒は目を閉じた。吉蔵が「うっ」と短く息を呑むのが背後から聞こえた。静寂が戻り、恐る恐る目を開けると、富田が地面に倒れていた。平八郎が懐紙を取り出し、太刀に滴る血を拭う。

平八郎に睨まれた吉蔵は悲鳴をあげて奈緒を突き飛ばすと、足をもつれさせながら逃げていった。

「し、死んだのですか」

「こうせねば、こちらが斬られた。致し方ない」

平八郎が息を荒らげながら、奈緒にまた「すぐに江戸を離れろ」と言った。奈緒は富田の亡骸を見つめながら、首を横に振る。

「坪井さまもおっしゃったではありませんか。夫がなぜ死なねばならなかったのか、すべてを知らねばなりません」

文二郎のもとへ連れて行ってほしい。平八郎を問いつめたい思いはあるが、まずは義父の口からすべてを聞きたかった。

汗を滴らせる平八郎は悲しみをたたえた顔で奈緒を見つめていたが、やがて観念し、文二郎が捕らえられている屋敷の持ち主の名を口にした。

四

長屋門の潜戸をたたくと、内から初老の中間が顔を出した。平八郎の背後に隠れる奈緒に目をやり、顎をしゃくる。

道々、黒幕が米坂藩留守居役の稲葉であり、添役の柿沼が、平八郎たちの雇い主であることを告げられた。奈緒も名前くらいは知っている。稲葉家は、代々家老や留守居役を出す家格であり、江戸のみならず米坂藩のすべてを知りうる人物である。藩主も稲葉に一目置いており、その権勢は家老に次ぐと言われていた。

平八郎のあとをついて内玄関に回ると、表はまだ日が暮れていないのに、家屋は薄明かりが闇に吸いこまれしんと静まりかえっていた。

「坪井さま、ひとつお聞かせください。宗十郎さまが命を奪われたあの夜に、私を表に連れ出した旅僧は、もしかしたら坪井さまが差し向けた者だったのでは？」

「なんのことやら」

そのまま平八郎は固く口を閉じてしまった。

しばらくして廊下の奥から軋む音が聞こえてきた。

「富田はいかがした」

暗闇から低い声がする。袴の裾と足先だけがぼんやりと見えた。留守居添役の柿沼だろう。

「拙者が……斬りもうした」

平八郎の声は静かだが、咳を押し殺しているのがわかった。

「なにゆえ」

「私怨にございます」

暗がりの中にいる柿沼は、しばらく無言だったが、廊下がみしりと音をたて、奥へと消えていった。平八郎に続いて草履を脱いだが、足の裏がひどく汗ばんでいる。

「大丈夫か」

平八郎が足を止めた。奈緒が小さくうなずくと、また足を進める。灯影（ほかげ）が洩れる部屋の前で立ち止まり、平八郎が名を告げると部屋から柿沼の声が聞こえた。

平八郎に従い、奈緒も部屋に入る。足の裏に畳の冷たさを感じたが、羽織を纏（まと）った五十路（いそじ）前後の男の顔を見たとき、さらに背筋が冷えた気がした。

「ほう、そなたが長浜の嫁御（よめご）か」

留守居役稲葉彰房である。その声には掠（かす）れて疲れがにじんでいたが、腹から出される声の太さでそれを覆い隠していた。

部屋の中央には、背に腕を回され縛られた文二郎が座している。稲葉が軽く手を挙げると、柿沼が文二郎の手首にかけた縄を断ち切り、「無礼仕（つかまつ）りました」と告げて壁際まで退（すさ）っていった。

「奈緒、無体なことはされておらぬか」

文二郎がひらひらと手を揺らし、奈緒を探す。駆け寄ってその手を取り、大丈夫だと応えると、文二郎は長く息をついた。すでに自分を捕らえた富田と、平八郎の正体に気づいているのだろう。文二郎の耳は、部屋の隅に控える男を捉えようとしていた。

柿沼から富田の死を知らされた稲葉は、気に留める風でもなく、軽くうなずいただけだった。稲葉は文二郎をじっと見つめて口を開いた。

「侍医どの、久しいのう。国許では嫁御と姿をくらましたとさわぎになっておったが」

「この通り目が使いものになりませんので、伊勢へ詣でたつもりが、うっかり江戸へ迷いこんでしまいました」

文二郎の韜晦(とうかい)した態度は、稲葉の顔色を変えはしなかった。文二郎のことだ。以前から重臣に煙たがられていたに違いない。

「子息はおのれの罪を悔い、自ら始末をつけた。しでかしたことは許しがたいが、あっぱれな最期であると褒めてやらねばと思っておった」

「あっぱれですって？」

怒りが湧き、奈緒は腰を浮かせたが、文二郎に押しとどめられた。

「稲葉さま、ひとつお聞きしたき儀がござる」

「なんじゃ」

「人参を横流ししていたのが宗十郎だと突き止めたのは、目付ではなく、添役の柿沼さまだとお聞きしました。宗十郎が取引をしていた者の名を教えていただきたい」

「それはすでに解決した話じゃ。宗十郎どのも自ら罪を認め腹を切った。蒸し返すは、長浜家にとって得策とも思えぬが」

「稲葉さまが常盤屋と絶ちがたき間柄であるのは、以前から存じております。私が常盤屋の出入りを禁じたとき、すぐに異を唱えたのは、稲葉さまでございました」

「優れた薬種問屋を惜しんだまでのことだ」

「あなたさまが常盤屋と手を結び広東(カントン)人参を安く手に入れ、人脈を使って高額にて売りさばいていたのは存じております。宗十郎の死後、都合よくその罪をかぶせたのも、あなたの指示でございますな」

「それはまことでございますか、お父上さま」

「昔取った杵柄(きねづか)というやつでな。昔から懇意にしておる行商の薬売りたちから聞き出した」

そして、ある人物からも、稲葉の手下たちが常盤屋と会っているのを見た、と知らされた。

文二郎も、宗十郎の死に関わった者を密(ひそ)かに探っていたのだ。

稲葉は顔色を変えず、むしろ楽し気に口元を緩めていた。

「常々考えておったのだが、名医の長浜家を絶やすは忍びない。どうだ、長浜。芒硝の件をわしに委(ゆだ)ねると約束いたせば、宗十郎どのの罪科を不問に付し、嫁御をそなたの養女として迎え、婿を取れるよう取り計らってもよい」

奈緒はぐっと文二郎の袂を握りしめた。宗十郎の名誉だけでなく、家名という質までとり、揺さぶりをかけてくる。あまりに卑怯(ひきょう)な男である。文二郎が、奈緒の手に自分のそれを合わせ、ぽんとたたいた。

「薬というものは、体を治癒させると同時に、使い方次第で毒にもなりまする。私が見つけた芒硝は、当時の米坂藩にとって体を蝕(むしば)むものであると考えました」

文二郎は静かに首を振った。

「この芒硝が湧き出た場所に問題がございました。桑井(くわい)集落蛇抜路(へびぬけみち)の脇にある沼地で、隣藩とのまさに境界にありました」

それは親義も懸念していたことで、両藩が芒硝の権利を主張し、諍いがおこることだけはさけねばならないと考えていたようだ。

「ですが、事が公になる前に、芒硝を手に入れることはできなくなりました。芒硝が見つかりしばらくして、蛇抜路が抜けてあのあたり一帯が泥に埋まってしまったのです」

あのあたりは大雨や春の雪解けによって土石流が発生する厄介な場所だ。奈緒が暮らしていた六年ほどの間に、いくどか道が寸断され、そのたびに領内で「尽き山」の深刻さが議論されてきたのだ。

文二郎が親義に芒硝の一件を伝えて間もなくのことだった。夏から秋にかけて、ひどい豪雨が米坂領内を襲った。そのときにあの沼地も土砂に埋まってしまった。親義はその一報をうけて落胆し、芒硝に関わる事業を白紙に戻したのである。その後も芒硝について知らぬ存ぜぬを貫いたのは、隣藩を出し抜き、密かに幕府と芒硝の取引をしようとしていたことが知られるのを恐れたからだ。

稲葉が脇息を倒し、身を乗り出した。

「では、もう芒硝は採れぬと申すか！」

稲葉の工作は、すべて芒硝の利権を手に入れるために仕組まれたものである。それが存在しないとなると、労苦が露と消えてしまうのだ。

文二郎は、重々しくうなずいた。

「皮肉にも、我が藩の尽き山が原因で芒硝はついえました。だがそれでよかったと思っております。あなたのように生薬を政争の駒（こま）とするようなお方の手に渡らず安堵（あんど）しております」

稲葉がちらと柿沼に目をやった。

「坪井、始末いたせ」

柿沼の冷たい声が放たれる。

気配を消した平八郎が文二郎と奈緒の斜め後ろに立っていた。

文二郎が奈緒の肩を抱える。骨ばった腕が熱く、これが父親の温（ぬく）もりかとぼんやりと考えていた。死ぬときは、これほど時が緩やかに流れるものなのか。

怖さはない。ただ、心残りであると感じていた。

もっと文二郎と薬について論じたかった。宗十郎の無念を晴らすために生きていると思っていたが、いつしか文二郎のそばで学ぶことがうれしくなっていた。

さらに深川で出会った、面倒ごとばかり起こす、せっかちで口の悪い住人たちの顔も次々と浮かんでくる。

おしまは、また頭を痛めていないか。おなつは熱を出していないか。友蔵の足の具合はどうか。捨て丸の手の痛みは引いたのか。辰之助に薬を届けていないし、金助にぬか漬けの礼もできていない。おちかと長吉の寿（ことほ）ぎをこの目で見られないのも残念だ。

平八郎が鯉口を切る。端整な顔から流れた汗が、顎先から滴り落ちた。これから斬られるというのに、奈緒は平八郎の体が心配でならない。

畳を擦る平八郎の足の指先が震え、わずかに柿沼と稲葉のほうを向いた気がした。

柿沼が手を挙げた。その指さきがかすかに動く。

「やはり奇妙な父娘でございますなあ」

唐突に襖が開き、場違いな陽気な声が響いた。面長で彫りの深い顔に笑みをたたえ、くたびれた着物の裾には雪混じりの泥が跳ねている。

「平賀さま?」

元高松藩士、平賀源内である。

去年の春、捨て丸の惚れ薬騒動で出会って以来、なんどか旅に常備する薬を買い求めに店を訪れていた。奉公構のわりに忙しい人で、秋には伊豆へ採集に行くと言っていたはずだ。

柿沼が立ちあがったが、源内が手のひらで制して、すっと部屋に入り稲葉の前に膝を折った。

何者だと、稲葉が眉をひそめる。柿沼がそばによっていき、耳打ちした。

「平賀源内か。常盤屋から耳にしたことがある。賢し気に一色さまに近づき、あらぬことを吹聴しておる本草学者だな」

「お偉方に取り入っておると指摘されれば、そうでございますとしか言いようがありませんなあ」

それが私のやり方でござる、と源内は笑い、懐から一通の書付を取り出した。

「このたび、勘定奉行一色安芸守さまの推挙により、伊豆に加え、米坂桑井の芒硝に関しても、すべて拙者に一任するとの命が下りましたので、稲葉さまにお知らせいたします」

これにより、米坂藩は芒硝から手を引くかわりに、この先の御手伝普請の免除を、一色に約束させたという。

「米坂のお殿さまは、商いの上手（うま）いお方でございますなあ」

稲葉が憤怒の表情で立ちあがり、源内から文を取り上げた。

「芒硝は、抜けのせいで埋まったと申したではないか！」

文二郎も怪訝（けげん）な顔で首を傾（かし）げ、奈緒と顔を見合わせた。

「奇妙なことがございましてなあ。何年か前に土砂崩れがあった桑井山中に、芒硝があったという地元住民らの噂を耳に致しました。その真偽を確かめるため、伊豆の調査が終わったあと、米坂藩にも足を延ばしたのでございます」

たしかに、住人らが指摘するかつての場所は、土砂に埋まっていた。だが、周辺をくまなく調べると、水の流れが変わり、別の場所に湯の湧出口（ゆうしゅつぐち）が露出しているのを見つけたのだ。

「それは見事な、唐渡りにも負けぬ芒硝を採集することが叶（かな）いました」

その新たな沼地は米坂藩領内にある。すでに一色安芸守と米坂藩主酒井親義との間で合議がなされ、以後の芒硝の採取は、幕府直轄で行うこととなった。これはまだ公にはされていない。

「なぜ、平賀どのがここへ？」

文二郎がたずねた。

「先ほど、芒硝の一件について先生にお知らせしようと店に出向きましたら、あなたが連れていかれたと住人らがさわいでおりましてな」

奈緒も出かけたまま戻らないという。ふたりが窮地にあると察した源内は、酒井親義に目通りして、「稲葉に二心あり」と告げたのである。

「明日にでも殿から下達があるとは思いましたが、早く稲葉さまにもお伝えしたく、方々の伝手を頼りこの屋敷まで押しかけてしまいました」

深々と頭をさげる源内の前で、稲葉が仁王立ちしたまま震えている。

「稲葉さま。長浜宗十郎によると思われた人参横流しの一件は、再度調査をするとのことで、しばし出仕を控えるようにとのこと」

稲葉は顔から色を失い、柿沼の名を呼びながらその場にへたりこんでしまった。近いうちに、宗十郎の死を謀った大目付も捕らえられるという。

「では……宗十郎さまの無念は晴れるのですね」

奈緒は、文二郎の手を強く握りしめた。それ以上の力で握り返される。文二郎の目に、うっすらと涙が浮かんでいた。

柿沼が「坪井、もうよい」と力なく告げると、平八郎はがっくりと膝をおり、肩で大きく息を吐いた。その顔には、うっすらと安堵の笑みが浮かんでいた。

五

宗十郎の無念が晴れ、あっというまにひと月が経っていた。大川の堤や深川の寺社に植えられた桜の蕾が、ほんのりと桃色をたたえはじめている。

猪牙舟が、ゆっくりと六間堀の桟橋に到着した。ことし七歳になった辰之助の孫娘が、岸で待ちわびていた父親に向かって一目散に走っていった。

「じゃあね、おとっつあん。あまり呑みすぎちゃだめだからね」

風呂敷包みを抱えた辰之助の娘が、舫い綱をゆるめる父に言った。船の中で何度も繰り返していた言葉だ。辰之助は耳に指を突っこみ、うるせえとぼやく。

「死んだかあちゃんそっくりだなあ。わかったから、さっさと行きやがれ」

「奈緒先生、おとっつあんのこと、よろしく頼みます」

奈緒と同じ年ごろの娘が、深々と頭を下げる。

辰之助の娘と孫は、二日前から辰之助の家に泊まっていた。出戻ったわけではなく、母親の命日で線香を手向けにきただけだったが、辰之助は金助の古着屋で山ほど孫の衣装を買い求めていったという。

奈緒が伊勢崎町を通りかかったとき、いまからふたりを船で送っていくというので、同乗させてもらったのだ。

辰之助は、娘と孫に言葉少なく告げて手を振ると、船に乗りこみ櫓を動かした。

桟橋で三人が手を振っている。辰之助は大きく手を振り返していつまでも別れを惜しんでいるようだった。

「よろしいのですか、体のことを娘さんに伝えなくても」

こうして船を動かすことも辛いはずだ。

「いいさ。せっかく亭主とやり直すって決めたのに、わしのことで心配させたくねえじゃねえか」

辰之助は、自分の体がすでに手遅れであると気づいていた。それでも、できるだけ長く櫓を操れるよう薬が欲しいと、いまも奈緒たちのもとへやって来る。

娘に面倒をみてもらうよう勧めても、辰之助はかたくなに拒んだ。残りの短い時間を一緒に暮らせず気落ちしているだろうに、これでいいと笑うのだ。

「ピンピンコロリよ。それが江戸っ子のくたばり方さ」

船はそのまま竪川へ出て、右に曲がってゆっくりと進んでいく。

「そういやあ、文先生、国に帰るって？」

文二郎と奈緒は、藩主の命で米坂へ戻ることが認められた。文二郎は目が見えず、侍医としての役目は負えないが、医学寮のために尽力することはまだできると、藩主から説得されたのである。

「奈緒先生も帰っちまうのかい」

それにこたえることなく、船は竪川をゆっくりと進み、三つ目橋を越えた。

船を降りてしばらく歩けば、平八郎が身を置く道場である。

平八郎と富田の私闘に関しては、米坂藩の家中の騒動として片をつけた。さらに米坂で宗十郎を斬ったのは死んだ富田であること、そして平八郎が奈緒たちを護ろうとしていたことが親義に聞き入れられ、平八郎の処分は見送られることになったのだった。

稲葉と対峙した直後、その場に倒れた平八郎を診た文二郎は、奈緒と同じ診たてをした。今は病による暇願いが受理され療養中の身だ。

留守居役の稲葉は藩政から退き、重い処分を受けた。柿沼も富田の暴走を止められなかった責任をとって謹慎の身である。

一方で、常盤屋はなんの咎めもなく、いまも米坂藩に変わりなく出入りしている。主人の藤次郎いわく、広東人参の横流しも、芒硝の探索によって宗十郎を死に至らしめた一件に関しても、常盤屋が無理強いした事実はなく、すべて稲葉の米坂藩への忠義による暴走であると主張したという。稲葉はまんまと常盤屋に利用され、終いには、藩への献身だったといらぬ世話までやかれたのだった。

（商人というのは、まことにしたたかでございます）

長屋へ向かうと、部屋の前で平八郎が木刀を振っていた。

「また無理をして。寝ていてくださいと申していますのに」

木刀を取りあげると、平八郎は叱られた子のように肩をすくめて部屋に戻っていった。

「薬湯を煎じましょう」

「それは苦いから嫌じゃ」

「子どもですか」

息に痰が絡んでいる。朝餉を食べていないというので、粥を炊く間に、部屋の掃除をした。

ふと、平八郎が雑巾がけをする奈緒の手を握ってきた。

「こんな風に思ったことはないかい。宗十郎どのを斬ったのは、実はこの私だと」

「え？」

「富田は己が斬ったと言っていたが、ほんとうは誰が斬ったのか。それを知る者はもうおらぬ。あなたの夫である宗十郎どのを私怨にて恨み、私が斬った。富田を斃したのは、すべてを隠蔽する口封じだったかもしれないと」

「坪井さまはそんなお方ではございません」

「私のことなど何も知らないだろう」

「いいえ。知っております。とんでもない嘘つきでございます」

病人は嘘をつく。人生最後の嘘は、遺される者には優しく残酷だ。

平八郎は、自らを罰する者が欲しいのかもしれない。たとえ命が尽きたとしても、恨み続けてくれる者がいるだけで、自分の体が朽ちた後も忘れさられることはない。

汗ばむ平八郎の手のひらが、徐々に熱くなっていく。

「いつか死ぬならば、剣において斃れると思っていた」

それなら本望だと思うほどに、武芸に精進してきたのだろう。

「病で死ぬのは、無念だ」

「いえ、それはちがいます。病で寿命がつきることは正しいことでございます」

宗十郎のように命を理不尽に奪われることが、本人も周りも無念なことだ。

「坪井さま。最後まで、天がお決めになったその日まで、私がお供をいたします」

「それは、医者としてかい」

「はい」

平八郎が苦笑いを浮かべた。そうか、そりゃあ残念だとつぶやいて、さらに強く奈緒の手を握った。

「よろしく頼むよ、奈緒先生」

いつか来る、その日まで。

患者の前では決して泣いてはならないと、文二郎に叱られてしまう。だから我慢をしようと思ったが、奈緒はあまり出来のよい弟子ではないようだった。

「お父上さま、支度が済みましたよ」

「やえ屋の蒸し豆はあるかい」

「十分に炊いてもらいました。塩を多めに加えているのでしばらく腐らぬそうですよ。あちらについても、しばらく酒の肴には困りませんね」

米坂の長浜家の屋敷は、以前奉公していた下男の市太が手入れをしてくれている。雪山で迷って芒硝を見つけるきっかけをつくったおかつの孫の志乃も、長浜家に奉公することになっている。年よりの世話は、死んだ祖母の面倒を見ていて要領がわかっているというから心強い。

医学寮の弟子たちも、文二郎の帰りを待ちわびているそうだ。それを知った文二郎は、書物屋で大量の医学書を買い占め、医学寮へ送っていた。まだ自分にはやれることがあると意気込んでいる。

「海苔は」

「諦めてください。これ以上荷が入りませぬ」

困ったとぼやく文二郎は、膝をさすりながら立ちあがった。

「おっと、忘れものじゃ」

と、ゆっくりと二階へ上がっていく。あの足では米坂まで戻るにはかなりの日数がかかりそうだ。同行する源内がしっかり連れて行ってくれるか心配である。

源内は、閏四月に主宰する東都薬品会で出品する芒硝を、再度採集するため米坂へ入るという。それに合わせて、文二郎も米坂へ帰国することになったが、奈緒はこちらにとどまり、平八郎の世話をしたいと申しでた。文二郎から、それはよいことだと了承してもらい、薬屋の始末も託されたのである。

表から「まだ先生は出立していないだろうねえ」と、甲高い声が聞こえてきた。戸口から顔を出すと、こざっぱりとした小袖姿の捨て丸が、目の周りを真っ赤にして、文二郎の出立を見送る金助とおちか、長吉に赤い唇を尖らせている。

「捨て丸さん、来てくださったのですね」

「ちょいとこっちに用があって来ただけさ」

彼女に文二郎の出立を告げたのは三日ほど前で、なぜもっと早く教えてくれなかったのかとぼやかれた。

年が明けてからの捨て丸は、文字通り深川一の売れっ子となっていた。彼女の三味線と唄を待ちわびる客が後を絶たず、会う機会も減って帰参が叶ったことを告げられずにいたのだ。

噂の捨て丸を前に緊張した面持ちの長吉と金助が、ちらちらと彼女に視線を送るから、おちかが頬を膨らませている。

「長吉さん、お父上さまをよろしく頼みます」

先に高輪で待つ源内のもとまでは、長吉が付き添ってくれることになっていた。おしまたちも見送りにくるはずだったが、二、三日前から急に寒さがぶり返したせいでおなつが熱を出し、友蔵にもうつって寝ついているらしい。文二郎を見送ったあとで、薬を届けるつもりだが、それが最後の処方になるだろう。

文二郎の目となり薬を売っていたが、奈緒ひとりでは薬の知識が足りず処方は叶わない。しばらくは「里ういん丸」や軟膏を売り広めて暮らしを立てるつもりだ。

「お父上さま、早くしてくださいな!」

店に戻り二階に声をかける。

ようやく下りてきた文二郎の手には、山のような医術の書物が抱えられていた。

「まだ米坂へ送り届けていないものがあったのですか?」

「これはお前さんへの餞別じゃ。おなごに医を学べと申すは酷かもしれぬが、坪井どのを看病するために役に立つだろう」

そして、いつか米坂に戻ったときにわしの教えについてこられるよう精進いたせと、ぶっきらぼうに言った。

「できれば、蒸し豆の炊き方を教わってほしいところだが、八重のものと比べるなどお前が不憫であるからな」

杖を手に立ちあがった文二郎は、奈緒に支えられながら店を出た。

「捨て丸もおるのか」

彼女から匂う香に鼻をうごかした文二郎は、目じりを垂らした。

「目が見えぬことは些末なことだと思っていたが、この江戸で暮らしを送るなかで、捨て丸の踊りが見られぬことだけが心残りじゃった」

柄にもないことを言うんじゃないよと、捨て丸は文二郎の手をぐっと握った。

「あたいの手は、文先生のおかげで万金の宝になった。この恩は忘れない。先生もあたいのこと忘れちゃダメだよ」

平さんの次に好いていたよ、と泣きながら言うから、文二郎も頬を緩ませて捨て丸の肩を優しく叩いた。

「文先生、またこっちに帰ってこいよ。将棋の相手してやるからさ」

おちかが「どの立場で言ってんだい」と金助を茶化すと、長吉が洟をすすりながら笑っていた。

文二郎は、見えないはずの店をしばらく眺めると、大きく息をついて長吉に手を差し出した。

「お父上さま！」

「ん？」

「長浜の家は、私の家だと思っていてよろしゅうございますか？」

「あたり前じゃ。おまえはわしの優れた弟子であり、粗忽な娘じゃ」

しわの寄った顔が、ほんのりと赤く染まっていた。

「くれぐれも無理をするな。疲れたら、すぐに米坂へ戻ってまいれ」

「いやだ、文先生。寂しくてしかたないって顔しているよ」

捨て丸が笑うと、金助たちも哄笑する。

遠くから、のんびりとした木遣り節が聞こえてきた。それに合わせるように、文二郎が長吉に伴われて出立していく。

同時に、奈緒も友蔵夫婦の家へ足を向けた。また看病疲れでおろおろするおしまの相手をしなくては。ついでにやえ屋に蒸し豆の礼を言いにいき、精のつくものをたくさん買って平八郎のもとへ見舞おう。

冴えわたる空から、煌めく粒が舞いはじめた。

おそらくこれが江戸で見る今年最後の雪になるだろう。季節外れの別れ雪は、春の風に解けてしまう。

奈緒はそっと手を掲げた。

手のひらに落ちた雪が、一筋の糸になって、指の先から落ちていく。その足元に、名も知らぬ桃色の花がひっそりと咲いて、潮風に揺れていた。

本書は「ランティエ」二〇二三年十一月号から二四年三月号まで連載した
『名残の雪』のタイトルを変更し、加筆・訂正いたしました。

著者略歴

高瀬乃一〈たかせ・のいち〉
1973年愛知県生まれ。名古屋女子大学短期大学部卒業。青森県在住。2020年、「をりをり よみ耽り」で第100回オール讀物新人賞を受賞。その後、「オール讀物」「小説新潮」などで短編を発表、22年刊行のデビュー作『貸本屋おせん』で第13回本屋が選ぶ時代小説大賞候補、第12回日本歴史時代作家協会賞新人賞を受賞。近著に『無間の鐘』。

Kadokawa Haruki Corporation

高瀬 乃一

春のとなり

*

2024年5月8日第一刷発行

発行者 角川春樹
発行所 株式会社 角川春樹事務所
〒102−0074 東京都千代田区九段南2−1−30 イタリア文化会館ビル
電話03−3263−5881(営業) 03−3263−5247(編集)
印刷・製本 中央精版印刷株式会社

定価はカバーに表示してあります。落丁・乱丁はお取り替えいたします。
ISBN978−4−7584−1464−7 C0093
http://www.kadokawaharuki.co.jp/